小 王 子

The Litte Prince

Antoine de Saint-Exupéry

安东·德·圣艾修伯里 著

艾柯 译 曾铭祥 图

哈尔滨出版社

【前言】

献给——里昂·维德

我希望所有的孩子能够原谅我，把这本书献给一个大人。首先，我有一个相当重要的理由：这个大人是世界上我最好的朋友；我还有另一个理由：他了解每件事，即使是有关孩子的书也一样。我还有第三个理由：这个大人住在法国，他既饥饿又寒冷，他真的需要一些鼓励和安慰。

如果我所说的这些理由都还不够好的话，我不介意把这本书献给小时候的他。

所有的大人都曾经是小孩子，虽然，只有少数的人记得。所以，我将我的献词更改为：

献给　小时侯的里昂·维德

小王子导读 1

所有的大人都曾是孩子

小王子是一本童话，也可以不是一本童话；是一个寓言，也可以不是一个寓言。但如果你不是图书馆的图书分类人员，就不必因此伤脑筋。

它是什么都不重要，如果你要为它的属性争辩得面红耳赤的话，你就落入了修伯里的“寓言”之中，变成那个誓言只关心重要事情的“商人”，所谓“重要事情”在小王子的字典里是有点讽刺性的，比如：

如果你对大人说：“我看到一栋漂亮的房子，它是用玫瑰花砖砌起来的，窗口有天竺葵，屋顶上还有白鸽。”他们一定没办法想象那间房子的样子，你得说：“我看到一栋价值两万美金的房子。”他们一定会说：“那栋房子铁定是美呆了。”

我想修伯里一直是个孩子，在他心里，在法国人眼里，在全世界看小王子的人的灵魂里，他就是那个小王子，不肯长大，永远不会长大。他在44岁那年的7月31日早晨，驾着飞机离开科西嘉岛，从此不见踪影，50年来所有小王子的读者，无不在悲伤之余发挥想象力，认为他跟小王子一样，你永远找不到他的尸体，他会回到他的星星上，在夜晚，你仰头看星空，会看到5亿小铃铛，他就在其中的一颗星上，因为有他，所有的星星都变得有意义。

所以几年以前，证实在科西嘉岛附近海域找到他失事的飞机残骸，没有人认为这是个“好消息”。他会每天把花儿放在玻璃罩下，并且小心翼翼的守护着他的小绵羊，不是吗？

小王子在全世界拥有可怕的读者群，不过修伯里一定希望我们不要太关心，否则我又会变成只对数目有兴趣的、第四个星球上面的商人。

让我们来关心真实的故事本身。

小王子是一个很好看的故事，很动人的故事，很适合孩子看的故事（不管是现实的孩子或心灵的孩子），也很适合大多数已经变成有点无趣的大人的人。

当你看一本书的时候，你可以变成一个再创造者，这就是一本好书了。如果不论你的教育程度、职业、年龄、性别和国籍、人种都可以会心微笑，用自己的方法去读它，那更是一本动人的超级好书了。小王子就是这样的一本书。

这样的赞美，我并不觉得肉麻，它确实为我打开了一面非常壮观的窗户。第一次看小王子时，我12岁，正处于怀疑自己在世界上完全不被了解的年龄，我的国中一年级国文老师送我《小王子》，让我发现了生命的一个出口。故事啊，多么美妙的天籁，在我心中，做一个说故事的人，变成一种神圣的职业。我也不再怀疑，为什么“大人”们不了解我呢，为什么大人们了解事情的方式，和观看世界的角度，和我完全不一样呢？我依然质疑，但我可以想象自己在地球旅行，不时和小王子交换一个知己的微笑。那时的小王子，对我来说是一个志同道合的朋友。

后来我变成了一个“大人”——长大了的人，我忽然发现自己又从小王子中读到了新的东西。看哪，我旁边的世界，充满其他“大人”（再也不心怀天真，不可爱的人）的世界，竟然像小王子所造访过的小行星上的人一样!

有些穿着貂皮，孤独坐在自己的星球上的国王，只想“理性”的下命令控制一切；有些人（其实我们都是）像“自负的人”，只爱被仰慕，除了赞美什么也听不见；有些人像酒鬼，自暴自弃只为想忘记自己的自暴自弃；有些人像“商人”，只为账面数字忙个半死，想占有再占有，其实对他们的占有物非常无助；有些人遵守“规律”如同点灯人，不知自己为谁而忙，为何而忙；有些人是写大部头书的地理学家，只关心死的东西，对有生命的一切一点也不感兴趣。这时候，小王子是我愤世嫉俗的朋友。

后来，我又在小王子中读到了生命的矛盾律。

——国王说，我相信我的星球有一只爱叫的老鼠，我偶尔判它死刑，那么它的生杀大权就操在你手里，但每一回你都得饶它，因为它是我们仅有的犯人。

——自负先生说，仰慕我吧，我认为我是这星球上最俊美、最考究、最有钱、最聪明的人；虽然，星球上只有我一个人。

——“你为什么喝酒呢？”小王子问酒鬼。“喝酒可以遗忘！”酒鬼说。“忘记什么？”“忘记我的羞耻！”“你有什么羞耻？”“喝酒就是我的羞耻！”大人总是矛盾的。小王子也是矛盾的。他爱他的玫瑰花却又不知怎么爱她，他离开她但又想念她；玫瑰花也是矛盾的，她爱他、依靠他，却折磨他；狐狸是矛盾的,它要小王子驯养它,但又在他离开时舍不得他……

爱总是矛盾的，修伯里的矛盾是所有人的矛盾。

这时，小王子是一个有同情心的天使。

后来，当我的弟弟离开这个世界，无助的时候，我翻开小王子，读到“你知道太远了。我不能带这个身体走，太重了……”的时候，我也把自己交给悲伤，每一个像铃铛一样的星星，也都化成了泪水。我只能祈祷着，小王子在其他的星球，有更可爱的旅程像修伯里所坚信的，离开是一个旅程的新开始，是一种出发，是另一个飞翔的开始。

所以，如果，如果你有一天到沙漠旅行，请不要匆匆赶路，如果有个头发是金黄色的小人儿出现，他爱笑，又不肯回答问题，你就知道他是谁了。万一有这种事，请安慰安慰我吧。捎个口信告诉我，他回来了。

你知道吗？我不想做个“大人”，因为我一直不肯在心里忘记，小王子。

小王子这样的结束，我的啰嗦，也这样的结束罢。

小王子导读 2

我是那只等爱的狐狸

紫衫

"你看，看到那边的麦田了吗？我不吃面包，麦子对我来说一点意义也没有。麦田无法让我产生联想，这实在很可悲。但是，你有一头金黄色的头发，如果你驯养我，那该会有多么美好啊！金黄色的麦子会让我想起你，我也会喜欢听风在麦穗间吹拂的声音……"

在大学图书馆尘土飞扬的旧书库中，一本古旧薄薄，画满优美插图的小书——法国作家圣艾修伯里著的《小王子》将我带入了那充满爱与忧伤的世界。

就像每个女孩子在看了《泰坦尼克号》后都希望自己是露丝，我猜她们若读了《小王子》都会愿意自己是那朵玫瑰。

但从最初到现在，我只觉得自己像那只狐狸……

小王子遇见狐狸，是他正在哭的时候，小王子因为难过请狐狸陪他玩，狐狸拒绝了。

"我不能跟你玩。"狐狸说，"我还没有被驯养。"

"对我而言，你只不过是个小男孩，就像其他千万个小男孩一样。我不需要你。你也同样用不着我。对你来说，我也不过是只狐狸，就跟其他千万只狐狸一样。然而，如果你驯养我，我们将会彼此需要，对我而言，你将是宇宙间惟一的了；我对你来说，也是世界上惟一的了。”

“驯养，就是建立某种联系……”

“如果你驯养了我……”

每次我读到狐狸说出这句话的时候，都会感动至鼻子发酸……那种对爱的期待与执著……

我经常在认识一个可能成为我的朋友或爱人的人时，脑子里会浮现这样的句子——“如果你驯养了我……”

狐狸向小王子描述想象他的新的人生：“如果你驯养我，那我的生命就会充满阳光，你的脚步声会变得跟其他人的不一样。其他人的脚步声会让我迅速躲到地底下，你的脚步声则会像音乐一样，把我召唤出洞穴。”

小王子驯养了狐狸，可是小王子还是离开了狐狸。对于像狐狸这样的人来说，生命中其实也已经不是很介意，一定要把什么攥在手心里。

“那你还是什么都没得到吧……”小王子说。

“不，”狐狸说，“我还有麦田的颜色……”

多么美好的感觉啊！只要你曾经被驯养，这个世界就不会再是原来的样子。

当我懂得“驯养”这个词后，我从此不再计较生命以往和将来的得失——无论是爱情，还是友谊——可能是我总是在失去，可是谁不曾以及将失去过什么呢，从童年时美丽的发夹到最终了时我们的生命。

“驯养”，真不知道这只狐狸哪里学来的。

现在又教会我。

于是，在我的生命中，从此多了一种靠着“驯养”建立起来的联系——对我，可能是友谊，也可能是爱情，但无论如何，我在去追求的时候，会有这样的心态，我相信到最后，至少，我还能有麦子的颜色。

这颜色可能是你们共同读过的一本书，走过的一段路，同一时刻抬起头来看月亮心灵所感到的激荡，不约而同说出的一句话。

生命会被这样的时刻鼓荡着……

请你驯养我吧……

我知道，那是爱的声音。

我是那只等爱的狐狸。

我6岁的时候，在一本书上看到一幅扣人心弦的图画。那是一本描述原始森林的书，叫做《生命中的真实故事》，画的是一条蟒蛇正在吞食一只大野兽的情形。喏，就是上面的这幅图。

书上这样写道："蟒蛇连嚼都不嚼，就把捉到的动物整个囫囵吞下去，肚子撑得无法动弹，直到它们睡上6个月的长觉，消化所有吃进去的食物为止。"

从此，我对丛林的种种奇事产生了无穷无尽的遐想，于是，我拿起彩色铅笔，勾勒了一幅画——我的一号作品，就是下面的这幅图画：

我把这幅"杰作"拿给大人们看，还问他们有没有被这张画吓倒。

他们却回答说："一顶帽子有什么可怕的？"

我画的根

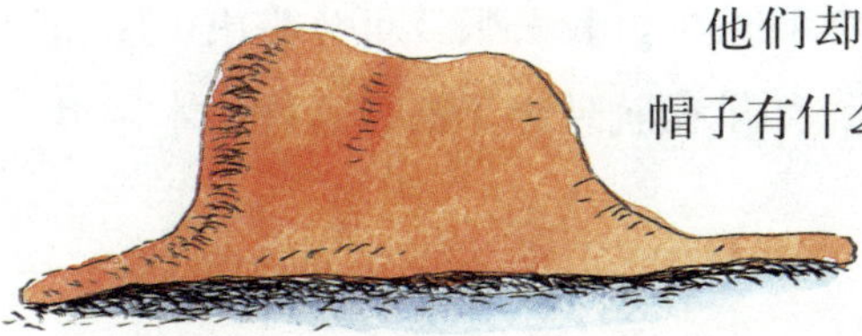

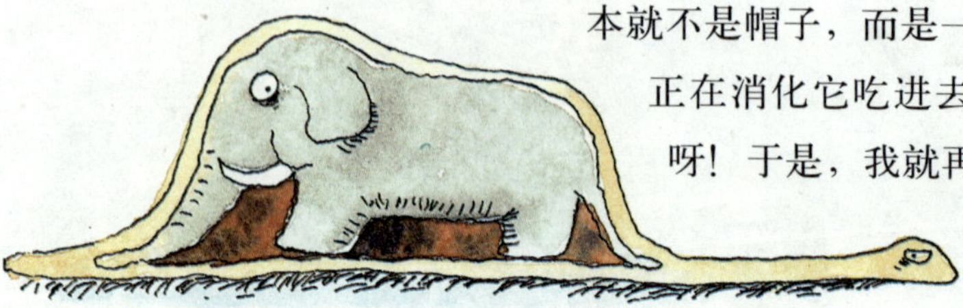

本就不是帽子，而是一只蟒蛇正在消化它吃进去的大象呀！于是，我就再画了一张蟒蛇内部的透视图，这样，大人们就可以看得懂了。唉，大人最麻烦了，老是需要我们给他们解释。我的二号作品是像上面这样子的：

大人们看完了以后，劝我别画这些蟒蛇图了，不论是外观的或透视的，要把心思放在好好地念地理、历史、算术和文法上。这也就是为什么我在 6 岁时，就放弃成为画家这个美好的职业的原因。我对一号作品和二号作品的失败感到沮丧。这些大人从来就不主动去了解任何事情；而对我们小孩来说，老是要跟他们再三作出解释，实在是太累了。

既然如此，我只好放弃画画，选择了另一个行业，学习驾驶飞机去了。现在，我已经飞遍了大半个地球。的确，地理学帮了我大忙，我一眼就可分辨出中国和美国亚历桑纳州。如果夜航时迷了路，这样的本领很管用。

在这样的职业生涯里，我跟很多重要人物打过交道。我花了许多时间跟很多大人接触，也曾经很仔细地观察他们，但是，对他们的看法并没有多大的改变。

无论何时，每当我遇到一个看起来头脑清楚的人，我就拿出一直保存着的一号作品给他看。我的确想知道他是否有足够的理解能力。可是，不论男女，看过之后都说：“这是一顶帽子。”

于是，我就不会再跟他说什么蟒蛇、原始雨林或星星了。我只会谈他们能够理解的事，譬如谈谈桥牌、高尔夫球、政治，还有领带等等。这样一来，这个人就会非常高兴，以为遇到了一个通情达理善解人意的人。

就这样，我一个人孤独地生活着，找不到一个真正可以交心谈心的人。直到6年前，我在撒哈拉沙漠发生了航行意外，才改变了一切。那次，我的飞机引擎出了点毛病，被迫在撒哈拉沙漠降落，当时既没有修

第二天早上，当我被那个奇怪又微弱的声音吵醒时，我有多惊讶。那个细小的声音说：

“劳驾——请给我画一只羊吧！”

“什么！”

“帮我画一只绵羊。”

理技师在旁边，也没有路人经过，只能自己动手，试着修修看。可是我随身带的水只够饮用一星期了，能否支撑下去还是个问题。

第一天晚上我就睡在这远离人间烟火的大沙漠上。比大海中伏在小木排上的遇难者还要孤独得多。所以，你就可以想象，第二天早上，当我被那个奇怪又微弱的声音吵醒时，我有多惊讶。那个细小的声音说：

“劳驾……请给我画一只羊吧！”

“什么！”

“帮我画一只绵羊。”

我像是被雷电击中了一样，一跃而起。我使劲地揉了揉眼睛，定睛一看，看到一个十分奇特的小家伙，睁大眼睛注视着我。

这儿有一张他的画像，是我后来尽了最大的努力画的。不过，他本人要比这张画像好看多了。然而这并不是我的错。早在6岁那年，我的绘画天才就被那些大人们给毁了，除了画过大蟒蛇的外观图和透视图之外，就没画过别的东西。

我目瞪口呆地站着，看着这个突然出现的，像幻影一样的小家伙。别忘了，我当时处迫降在方圆千里罕无人迹的沙漠上。而眼前这个小人儿看起来既不像是在沙漠里迷路，也不像疲惫、饥饿、口渴或害怕的人，况且从他的身上一点儿都看不出迷路孩子的迹象。当我在惊讶之余能说出话来的时候，我问他：

“你在这儿做什么？”

他并没有回答我的问题，而是缓缓地重复着他刚才所说的话，仿佛在说一件很重要的事，“拜托！帮我画一只绵羊。”

当一个人被某种神秘力量震慑住的时候，他绝对不敢不服从。在旷无人烟的沙漠上，又面临死亡的威胁的情况下，尽管这样的举动使我感到十分荒诞，我还是从口袋里掏出一张纸和一枝笔。这个时候，我才想起，我把主要精力都花在地理、历史、算术和文法这些科目上了，于是我告诉这个小家伙（有些别扭地）我不知道该怎么画。他回答说：

“不要紧，帮我画一只绵羊。”

可是我从没画过绵羊呀！只画过那两张画。于是，我就给他画了其中的一张，即没有打开肚子

的蟒蛇。“不是，不是，我不要这种蟒蛇把大象吃进去的图。”这小家伙所说的话让我目瞪口呆。他接着说：“蟒蛇这东西太危险，大象又太大了。我是从很小的地方来的，每样东西都很小。我要的是一只绵羊，帮我画一只绵羊。”

我只好照他的意思画了一只羊。

他仔细地看了我的画，然后说：“不好，这只绵羊太瘦弱，再重新画一张吧！”

于是我又画了一张。

这次，他温和且腼腆地笑了，又说：

“你看，你画的不是小羊，是一只公羊，还有犄角呢！”

于是我再画了一张。

但是这张画也和先前那几张的命运一样，都遭到否定。

“这只太老了！我要一只可以活得久一点的羊。”

终于，我开始沉不住气，

我急着想拆开飞机的引擎。于是就随便画了这张图，丢下一句话：

“这是装羊的箱子，你要的那只羊在里面。”

然而，我却很惊讶的看到我的小评论家脸上，闪露出欣喜的光芒：

“这正是我想要的！你说，这只羊需不需要喂很多草给它吃呢？”

“什么意思？”

“因为我家乡里，每样事物都很小。”

“箱子里已经有足够的草了，”我说：“我帮你画了一只非常小的绵羊。”

他弯下头来看着画：

“没那么小！你看！它睡着了。”

就这样，我认识了小王子。

我费了好长时间才弄清楚他是从哪里来的。虽然，小王子问了我一大堆问题，可是，对我提出的问题，他好像压根没有听见似的，我只能从他偶然间所说的事情中，一点一滴拼凑出他的身世来历。例如，当他第一次瞅见我的飞机时（我就不画出我的飞机了，因为这种图画对我来说太复杂），他问我道：

“这是什么玩艺儿呀？”

“这不是‘玩艺儿’，它能飞，这是飞机，是我的飞机。”

我很骄傲地告诉他，我可是一个飞行员。没想到他马上大叫说：

“什么！你是从天上掉下来的？”

“是啊。”我谦虚地回答。

“哇！这就奇了！”

小王子说着，迸发出一连串清脆悦耳的笑声，这使我有些不高兴。我希望他能够以严肃的态度，对待我的不幸。然后他又说：

“这么说，你也是从天上来的?!你住在哪一个星球？”

这句话犹如一道亮光，让我仿佛瞥见了他突然出现的秘密。我赶忙问他：“你是从另一个星球来的？”

他没有回答，只是盯着我的飞机，轻轻地摇着头：“从你乘的这玩艺来看，不可能来自太远的地方，对不对？”

然后就陷入了沉思中。过了一会儿，他把我画的羊从口袋里掏出来，像宝贝似的，从头到尾看了一遍。

你们不难想象，听了他那句无意中透露的“其他星球”的话后，我会是怎样惊讶吧！我竭力从中探听他的来历：“我的小人儿，你从哪儿来？你的家在哪儿？你要把你的绵羊牵到哪儿去？”

他黯然不答。然后才说：“你给了我一个箱子，太好了。夜里可以给绵羊做屋子了。”

“那当然。如果你听话的话，我再给你画一根绳子，白天可以拴住它。喔，对了！还要一根柱子才可以。”

小王子被这个说法吓了一大跳：

“把它拴起来！多么奇怪的想法！”

“要是你不拴住它的话，它就会到处跑，会走丢的。”

小人儿又发出了清脆的笑声：

“你说它会跑到哪儿去呢？”

“哪儿都行啊，到处乱跑。”

谁知道，小王子郑重其事地说：

“没关系，我来的地方每样东西都好小！”

接着，他又略带伤感地说：

“一直朝前走，也走不了多远。”

就这样，我有了第二项重大的发现：小王子住的那个星球不会比一栋房子大多少！

这倒并没有使我感到太奇怪。我早知道，除了那些已经被命名的大行星，像地球、木星、火星、金星之外，还有数以百计的行星存在，有些星球甚至小到用望远镜都很难看到。天文学家发现这种小行星的时候，就给它编个号码，当做它的名字。例如“小行星325号”。

我有很充分的理由相信，小王子所来自的那个星

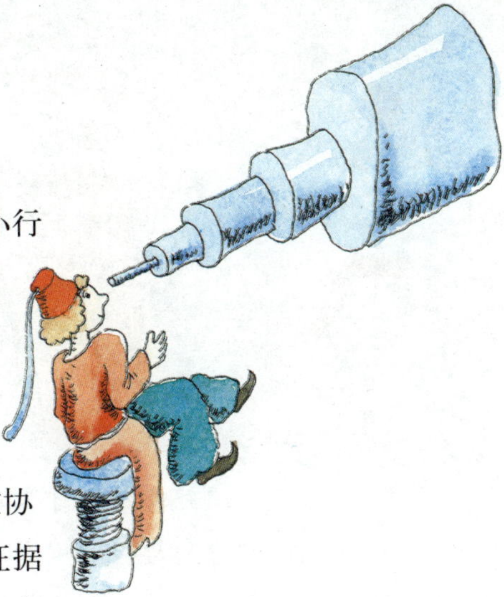

球是小行星B612。这颗小行星只有在1909年被一位土耳其的天文学家透过望远镜看到过一次。

那位土耳其学者曾将自己的发现向国际天文协会作了报告，以充分的证据来证明自己的观测结果。但没有人愿意相信一个穿着土耳其服装的天文学家的话。

大人们都是这个样子，以衣冠取人。

值得庆幸的是，为了维护小行星B612的声誉，土耳其的独裁者，下令他的人民都要改穿欧洲式服装；违抗命令的人可得砍头哪！因此，1920年，这位天文学家穿着光鲜亮丽的西服，为他的发现再一次在国际会议上发表演说。这一回，大家都相信他所说的话。

我之所以不厌其烦地叙述有关这颗小行星的事，还一再提到B612这个编号，无非是迎合大人们喜欢数字这样的习性。当你告诉大人们你新交了一位朋友时，他们从不会向你提出一些实质性问题，绝对不会问："他的声音好不好听？他最喜欢的游戏是什么？有没有

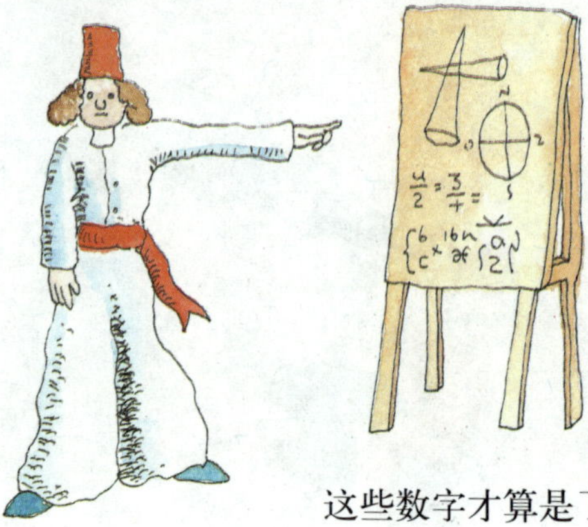

收集蝴蝶？”他们只会问：“他几岁？有几个兄弟姊妹？体重多少？他父亲赚多少钱？”他们以为只有这些数字才算是了解别人。

如果你对大人们说：“有一次，我看到一栋漂亮的、粉红色的砖砌房子，窗户上缀满了天竺葵，鸽子在屋顶上栖息。”他们绝对无法想象那栋房子到底是什么样子。你必须对他们说：“我看到一栋价值10万法郎的房子！”那么，他们就会惊叹：“哇！多美的房子呀！”

就是这样。要是你告诉他们：“确实有个小王子存在着。他面带笑容，非常可爱，想要一只羊；一个人要一只羊，就是他存在的证明。”他们会不以为然，耸耸肩，把你当成一个不懂事的孩子！但是，如果你跟他们说：“他来自小行星B612。”他们就会相信，而且不会再拿一些杂七杂八的问题来烦你。

大人们就是这个样子。小孩子除了忍耐，对此毫无办法。

当然，对那些懂得生活的人来说，我们才不在乎那些编号呢！所以，我想用童话故事的方式，开始叙述这个故事。我会这样说：

“很久以前，有个小王子，住在一个比他自己大不了多少的小行星上；而且，他希望有一个朋友。”对于那些真正懂得生活的人来说，这样说本身就很真实。

我不喜欢别人漫不经心读我的书。提起这些往事，我还挺伤心的。自从我的朋友带着他的小羊走了，到现在已经6年了。我尝试着在这里写下关于他的故事，是因为我永远不会忘记他。忘记朋友是一件悲哀的事，不是每个人都会有朋友的。如果我把他忘了，那我就可能会变得跟那些除了数字之外，对什么事都漠不关心的大人一样。为了这个缘故，我买了几支铅笔和一盒颜料。以我现在的年纪来说，开始学习画图是很困难的，尤其自从6岁那年画过大蟒蛇以后，再没有拿过画笔的情况下。当然，我会尽自己所能画得更逼真些，但我自己也没有把握。也许有一张画得还过得

去，另一张就不一定行了。还有身材大小，我也记得不太真切，有的图画得太高，有的又画得太矮了。对他衣服的颜色我也拿不准，仅能凭记忆尽可能地东拼西凑。说不定可能会在某些重要细节上出错，对这一点，你们一定要谅解。我的这个朋友从来不对我解释任何事，也许他以为我像他一样，但是，很不幸，我根本“不能”透过盒子看到里面的羊。也许，我有点像大人，我大概是变老了。

日子就这样一天天的过去，通过和小王子的交谈，渐渐知道了一些关于他所在的小行星的一些事情，以及他出走、他的旅行。所有这一切都是他平时不注意时流露出来的。就这样，到第三天，我就了解到关于猴面包树的事情。

这一回还真亏了小羊。因为小王子突然对一件事产生了极大的怀疑，突然问我：“羊吃灌木，这是真的吗？”

“对啊！”

“喔！那很好！”

我不明白羊吃小灌木这件事为什么如此重要。可小王子又说道：

“这么说，它们也吃猴面包树喽？”

我向小王子解释说，猴面包树可不是小灌木，而是像教堂那么大的大树，即便是带回一群大象，也啃不了一棵猴面包树。

一群大象啃猴面包树这种想法使小王子发笑：

“那可得把这些大象一只叠一只地垒起来。”

但是他又很聪明地继续说：

“猴面包树在长大之前，开始也是小小的。”

“不错。可是为什么你想叫你的羊去吃小猴面包树呢？”

他说：“嘿！那还用说吗！”似乎这是再明白不过的事情。而要我自己想明白这个问题，确实要绞尽脑汁了。

原来，在小王子的星球上就像其他所有星球上一样，长着有用的植物和不好的植物，所以也就有好的种子跟坏的种子。然而，种子是看不到的，它们深埋在土地深处，直至其中一颗会突然苏醒，把头伸出地面。刚开始时，这颗小种子会羞怯地伸伸懒腰，然后，毫无威胁性地，朝太阳伸出一株青嫩可爱、娇小玲珑、不伤人的幼苗来。如果长出来的是萝卜或玫瑰的嫩芽，就可以让它们自由生长。可是，如果是一棵坏苗，一经认出，就必须立刻把它拔掉。

而在小王子的星球上，就有一些可怕的植物种子——猴面包树种子。它们密布在星球的土壤里，而且一旦它们占有地盘，就不可能把它们彻底清除掉，猴面包树会将根钻入泥土里，覆盖整个星球。况且，如果星球太小而猴面包树太多的话，就会把星球给挤爆了……

“这是个纪律问题。”小王子后来向我解释道，“每天早上一个人盥洗结束后，就得认真打扫自己的星球，必须规定按时拔掉猴面包树苗。这种树苗小的时候与玫瑰苗差不多，一旦可以把它们区别开来，就要立刻把它拔掉，这种工作虽然很无聊，却相当简单。”

有一天，他建议我尽力尝试画一张漂亮的图画，给地球上的孩子们看，好让他们了解这一切。“如果有一天他们去旅行的话，可能会有用。”

他又说：“有时候，把工作拖到以后再做也没关系，但是，如果遇到猴面包树的话，就非造成大灾难不可。我知道曾经在一个行星上，住着一个懒骨头，他疏忽了拔那三株猴面包树苗，结果……”

于是，根据小王子的说明，我把这个星球画了下来。我素来不喜欢装腔作势，摆出一副道学士的面孔训人，但许多人对猴面包树的危害性认识不足，对一个要漫游小行星的人来说，风险却是那么大。因此这一回，我打破了自己不喜欢教训人的惯例。对大家说：

猴面包树

“孩子们，要当心那些猴面包树呀！”

为了向朋友发出警告，让他们提防早已威胁我们的危险——而他们和我一样，对这样的危险一无所知——我对这幅画下足了功夫。要能使大伙儿对此有所警觉，我费再大的心去做这件事也是值得的。现在，你可以了解为什么在这本书里，找不出任何一张像猴面包树这样令人印象深刻的画了。别的画我也曾经试图画得好些，却没成功。而当我画猴面包树时，有一种急切的心情在激励着我。

啊！我的小王子……就这样，一点一滴地，我逐渐懂得了你那忧郁的小生命。长久以来，你惟一的乐趣只是欣赏落日。这是我在第四天早晨知道的，当你说出：

“我喜欢看夕阳。我们一起去看太阳下山吧……”

“可是，我们必须要等……”

“等什么？”

“等太阳落山哪！”

起初，你看起来好像很惊讶，然后，又自我解嘲地说：

“我总以为自己还在家里。”

确实，大家都知道，美国的正午时分，正是法国夕阳西下的时候。如果能在一分钟内赶到法国，你就可以看到落日了，可惜法国太远了。但是，在你的小行星上，只要把椅子向后挪几步，就可以随时随地看到落日的余辉了。

"有一天，我看了43次落日！"

过了一会儿，你又说：

"你知道——当你感觉到悲伤的时候，就会喜欢看落日……"

"你那时很悲伤吗？就是你看了43次落日的那天？"

小王子没有回答。

第五天，我发现小王子身世的另一个秘密——再次感谢那只羊。好像默默地思索了很长时间以后，得出了什么结果一样，他突然没头没脑地问我：

"羊会吃花吗？就像吃灌木丛一样？"

"它碰到什么吃什么。"

"连有刺的花都吃吗？"

"有刺的花也吃。"

"那刺还有什么用呢？"

我不知道该怎么回答。那时候，我正忙着将一个卡在引擎上的螺丝拆下来。我发现，飞机损坏的情形很严重，而且，更让我担心的是饮用水已经所剩不多了。

“那刺还有什么作用呢？”

小王子一旦提出了问题，就绝不放弃，而我正为了螺丝生气，于是不加思索地回答他：

“那些刺儿毫无用处，花儿长刺只能害人！”

“噢！”

沉默了一会儿，他悻悻地说：“我不信你说的话！花儿弱不禁风，花儿天真无邪，她们自顾不暇呢。她们身上长了刺，是为了给自己壮胆,为了保护自己……”

我没有答话，当时我在想：“如果螺丝还不松动的话，我就一锤子敲碎它。”

小王子的话再次打断了我的思路：

“你真的认为花儿……”

“算了吧，算了吧！我什么也不认为！我是随便说说。你没看到我正在忙着要紧的事吗？”

他瞪着我，愣住了。

“要紧的事！？”

他看着我，蹲在那个在他眼中看来丑得要命的东西前面，手握着锤子，手指上沾满了油污……

“你跟那些大人没什么两样！”

听了这话，我觉得有点惭愧。然而，他又毫不留情地说：

“你什么都分不清，你把什么都混在一起！”

他生气地摇晃着脑袋，金黄色的头发随风飘动着。

“我知道有一个星球上，住了一位红脸绅士。他从没闻过花香，也没看过星星，更没爱过别人。他除了算数以外，就没做过别的事，他跟你一样，整天不停地唠叨：‘我很认真！真的，我在做要紧的事！’而且，自以为是，神气活现的！他根本就算不上是一个人，只能算是一个——蘑菇！”

“一个什么？”

“一个蘑菇！”

小王子气得脸色发白。

“几百万年来，花儿生来就有刺，就像几百万年来羊都在吃花一样。难道了解花的身上为什么会有这些没用的刺不重要的吗？难道羊和花之间的战争不重要？这些事难道不比那个臃肿的红脸绅士的数字更重要吗？如果我知道一朵花——人世间惟一的花，只长在地球上，在我的行星上，这颗星星上，有一位需要安慰的小王子。我将他拥入怀中，轻轻地摇着他。

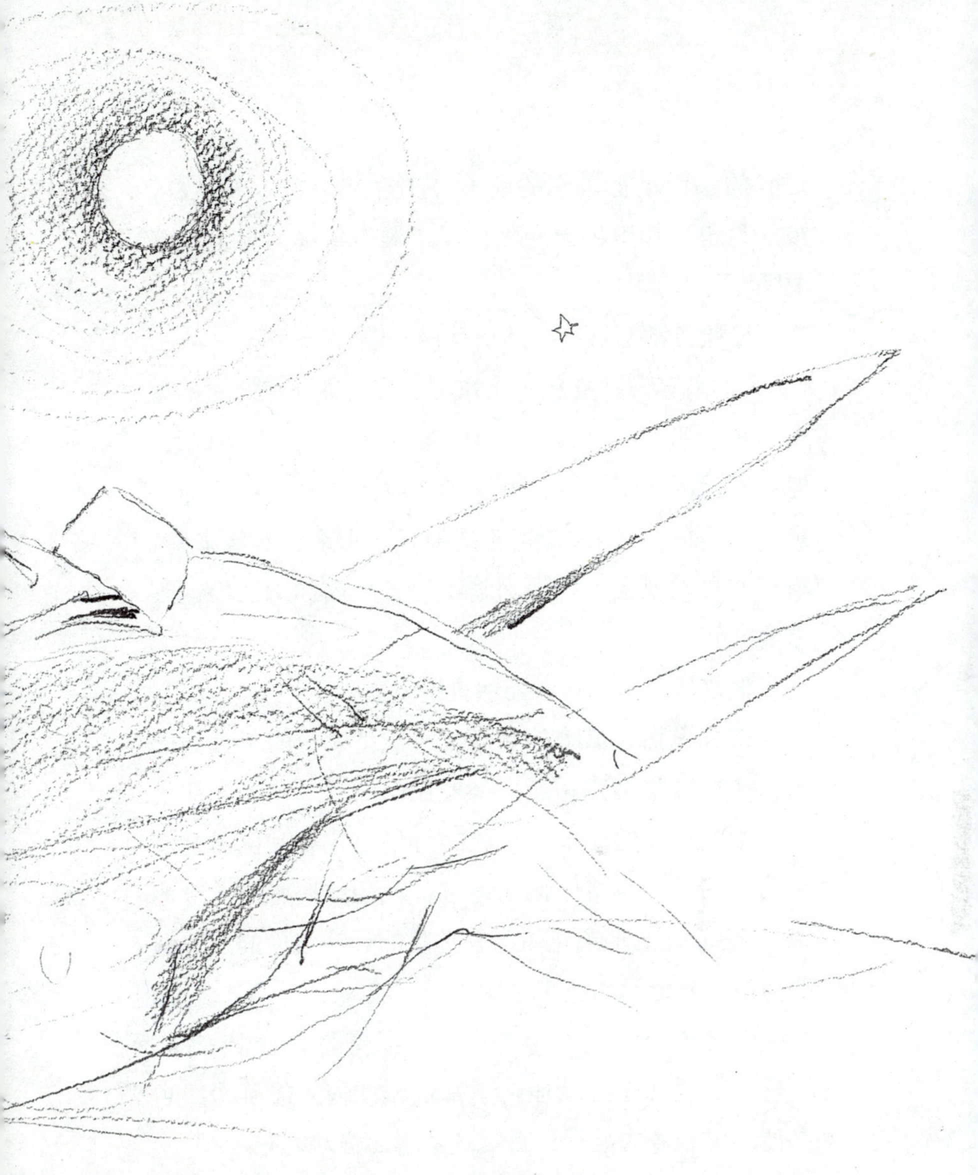

在我的小行星上，别的地方都不存在，在一天早晨，被一只小羊糊里糊涂地毁掉了，难道这样的事也不重要吗？”

他脸色渐渐转红，然后又接着说：

“如果有人钟爱着一朵独一无二，盛开在浩瀚星海里的花，那么，当他抬头仰望繁星时，便会心满意足。他会告诉自己：‘我心爱的花在那里，在那颗遥远的星星上。’可是，如果羊把花吃掉了，那么，对他来说，所有的星光便会在刹那间暗淡无光！而你却认为这不重要！”

他突然泣不成声，无法再说下去了。

夜幕降临，黑暗翩然而至。我把手中的工具，榔头、螺丝以及饥饿和死亡全抛在脑后，一切对我都已不再重要。在地球上，在我的行星上，有一位需要安慰的小王子。我将他抱在怀里，轻轻地摇着他，对他说：“你心爱的那朵花不会有危险的，我给你的小羊画个口罩；我给你的花画个护栏……我……”

我不知道该对他说些什么，只觉得自己很笨拙，不懂得怎样抚慰打动他，不知道该如何才能再次回到与他心灵相通的地方。眼泪就是这么奇妙的东西。

很快地，我对花儿有了更多的了解。在小王子生活的行星上，长着很朴素的单瓣花，这些花非常小，一点儿也不占地方，也不扰人，在草地上朝开暮落。然而有一天，不知从哪里吹来一颗种子，小王子非常仔细地观察它，因为这株花芽跟他以前看过的嫩芽都不一样，这可能是新品种的猴面包树。

没多久，这小株植物就停止生长，开始准备要开花了。看到在这棵苗上长出了一个很大很大的花蕾，小王子感觉到从这个花苞中一定会出现一个奇迹。然而，这朵花却仍旧在她绿莹莹的屋子里精心打扮。她谨慎地选择颜色，并且逐一地调整花瓣的角度，她不想像罂粟花那样，冒出来就皱皱的。她要让自己带着光艳夺目的丽姿来到世间。

噢！是的！她妩媚极了！总而言之，她花了好几天时间做准备，然后，在一个阳光明媚的早晨，她突然拆开了面纱，悄悄地绽放了。

她已经煞费苦心精心打扮了这么长时间，却打着

哈欠说：

“啊……嗯……我还没睡醒哪！我的花瓣儿还是乱糟糟的。”

但是小王子依然忍不住赞叹说：“您真美啊！”

“可不是嘛？”花朵回答：“我是在阳光升起的时刻诞生的呀！”

小王子看出了这花儿不太谦虚，可是她确实风姿绰约，千娇百媚。

“我想现在该是早餐时间了，”她随后说，“劳驾，给我来些水好吗？”

小王子为自己的疏忽感到非常惭愧，于是走出去，打来了一壶清凉的水，浇灌着花儿。

不久，她爱慕虚荣的性情开始折磨他。譬如，有一天，她跟小王子讲起身上长的四根刺：

“老虎要来张牙舞爪就让它们来吧，我可一点也不怕它们。”

“我的行星上没有半只老虎，”小王子不以为然地说，“再说，老虎也不喜欢吃草。”

“我才不是草呢！”花儿柔声柔气地说。

“对不起……”

“我不怕老虎，不过，我可没办法忍受风。你有没有屏风？”

“不能忍受风对一株植物来说，真是不幸。”小王子心里想着：“这朵花可不是等闲之辈。”

“晚上，我想请你为我准备一个玻璃罩。你这儿可真冷，一点都不干净，我从前住的地方……”

她没有说下去。她来的时候只不过是一粒种子，哪里见过什么别的世界。

她发现自己说漏了嘴，马上假装咳嗽，以便转移小王子的注

意力。她说道：

“屏风的事怎么样了？”

“我正要去找屏风，是您和我说话的呀！”

于是，她干脆再多咳几下，存心让他内疚不安。

小王子怜香惜玉，但她的做作令他生疑。他是个做事一丝不苟的人，常把无关紧要的闲话当真，难免会招来不少麻烦。

“我真不该听她的话，”有一天他告诉我：“人不应该听花说些什么的，只要观赏她们，闻闻花香就够了。那朵花使整个行星芳香四溢，可我不会享受它，关于老虎爪子的事，本应该使我产生同情，却反而使我恼火。”

他对我倾

吐自己内心的秘密。

“我那时什么也不懂！我应该根据她的行为，而不是根据她的话来判断她。她香气四溢，让我的生活更加芬芳多彩，我真不该离开她的……我早该猜到，在她那可笑的伎俩后面是缱绻柔情啊。花朵是如此地天真无邪！可是，我毕竟是太年轻了，不知该如何去爱她。”

我想小王子大概是利用一群候鸟迁徙的机会跑出来的。在他出发的那天早上，他把他的星球收拾得整整齐齐，把它上头的活火山打扫得干干净净——他有两座活火山，做早餐时

很方便；他还有一座死火山，但是，就像小王子说的，“谁也不知道会发生什么事！”为了预防万一，他把死火山也给清理了。火山爆发就和烟囱着火一样，打扫干净了，它们就可以慢慢地有规律地燃烧，而不会突然爆发。当然，在地球上人太小，不能打扫火山，所以火山给我们带来很多很多麻烦。

小王子闷闷不乐地拔除了最后几棵猴面包树苗，他知道自己不会再回来了。那天早晨，他觉得所有的家务活干起来都挺亲切的。当他最后一次给花儿浇水，准备给她盖上罩子时，觉得自己的眼泪都要掉下来了。

“再见啦！”他对花儿说。

可花儿并没有回答他。

“再见！”他再次道别。

花儿咳了一声，但她并没有感冒。

“我一直都很蠢，”她终于说话了，“我觉得很抱歉，希望你能快乐幸福。”

他觉得很惊讶，花儿竟然没有责怪他。他困惑地拿着玻璃罩站在那儿，无法理解她这种温柔恬静。

“我是爱你的，真的！”花儿告诉他：“你不知道，是我的错……那不重要，可是你——你一直都跟我一样蠢。快乐起来吧……把玻璃罩放到旁边去，我不再需要它了。”

“要是风来了怎么办？”

“我并非如此的弱不禁风……夜晚的凉风对我倒有好处。我是一朵花啊。”

“要是有虫子和野兽呢？”

“哦，如果我想跟蝴蝶交朋友的话，当然就得忍耐两三只毛毛虫的拜访啰。我听说蝴蝶长得很漂亮。况且，如果没有蝴蝶，没有毛毛虫，还会有谁来看我呢？你离我那么远……至于大动物，我才不怕呢，我有我的利爪啊。”

她天真地伸出身上的四根刺，然后说：

“不要这样呆呆地站着啦，这样子让我很受不了！如果

你要走，就走吧! ”

她不愿让小王子看见她哭。她是一朵多么骄傲的花儿哟!

10

小王子发现自己身处小行星区——小星球编号325、326、327、328、329、330，他开始一个一个拜访它们，一方面让自己有事情做，一方面增长见识。

第一个行星上只住了一个国王。这位国王身着代表皇家身份的紫色貂皮长袍，坐在那看起来样式简单却透着威严的宝座上。

“啊，来了一个臣民。”国王看到小王子便喊叫起来。

“他从没见过我，怎么会认得我呢? ”小王子想。

他哪里知道，在那些国王的眼里，世界是非常简单的: 所有的人都是臣民。

“靠近一点，让我好好看看你。”国王说。他觉得自己终于成为某个人的国王了，所以相当得意。

小王子四处张望着，想找地方坐下，然而，整个星球都被国王那件巨大的貂皮长袍给盖住了。所以，他只好继续挺直站着，但他实在太疲倦了，忍不住打了个哈欠。

“在国王面前打哈欠是相当失礼的。”国王说，“我禁止你打哈欠。”

小王子抱歉地说：“我不是有意的。我实在忍不住了，我长途跋涉，没有睡觉。”

“既然如此，”国王对他说，“我命令你打哈欠。我已经好久好久没看过人打哈欠了。打哈欠可是很少见的。过来！再打个哈欠！这是命令。”

“这太可怕了……我现在没没法再打了……”小王子心慌意乱，说话都结结巴巴。

“嗯！嗯！”国王又说了，那么，“我就命令你一会打哈欠，一会儿不打哈欠。”

他嘟嘟囔囔，显得有点恼怒。

身为国王最关心的是别人尊重他的权威，他不允许别人违抗他的命令，他是一个典型的专制君王，但他毕竟是个善良之辈，下达的命令都合乎情理。

“如果我命令一个将军变成一只海鸟，”他常常说，“如果他不服从我的命令，那并不是将军的错，而是我的过错。”

“我可以坐下吗？”小王子怯怯地问。

“我命令你坐下。”国王一边回答，一边把他威风的貂皮斗篷推到一边。

然而，小王子觉得很疑惑：这个行星这么小，国王能统治什么？

“陛下，”小王子说，“对不起，我想问问题，但是……”

“我命令你问。”国王急忙抢着说。

“陛下您统治什么呢？”

“统治一切。”国王非常简单明了地回答。

“一切？”

国王做了个手势，把他的行星、其他行星，及所有星星全都概括起来。

“所有这一切？”小王子问道。

“一切。”国王肯定地回答。

原来他不仅是一个君主，而且是整个宇宙的君主。

“那么，星星都服从您吗？”

“那当然！”国王对他说，“它们立即就得服从。我是不允许无纪律的。”

这样的力量使小王子惊叹不已。如果他也掌握这样的权力，一天之内他就可以不止观赏43次，而是观赏72次，甚至100次，或200次日落，还不用挪动椅子。想到他那颗被遗弃的小行星，小王子忽然伤感起来。于是，他鼓足勇气大胆向国王提出了一个请求。

“我想看日落，请求您命令太阳落山吧。”

“如果我命令一个将军从一朵花飞到另一朵花，像蝴蝶一样；或是叫他写出悲剧；或是叫他变成一只海鸟，而将军却不遵照命令的话，是他不对还是我不对？”

“是您错了。”小王子不假思索便脱口而出。

“一点也不错，”国王接着说，“向每个人提出的要求应该是他们所能做到的。权威首先应该建立在理性的基础上。如果命令你的老百姓去投海，他们非起来革命不可。我的命令是合理的，所以我有权要别人服从。”

“那我的落日呢？”小王子说，他从来不会忘记他所提出的问题。

“你会看到你要求的日落的，我会发布命令。要科学管理一个国家，下命令应等时机成熟。”

“什么时候时机才成熟呢？”小王子问。

“嗯，嗯，首先，我要查看大皇历。嗯，嗯，要等到今晚10时40分左右。你会看到他们怎样执行我的命令。”

小王子打了个哈欠。他对于他将不会等到日落感到很遗憾，而且，他已经感觉有点无聊了。

“在这里我没有别的事可做，”他对国王说：“我要走了。”

“不要走。”这位因为刚刚有了一个臣民而十分骄傲自得的国王说道：“别走，我任命你为大臣。”

“什么大臣”

“嗯，司法大臣！”

“但这儿无人可审呀！”

“这可不一定，”国王说，“我还没有游完我的领土呢！我年纪大了，这里也没地方可以放马车，走路又太累。”

“噢！可是我已经看过了。”小王子说道，并探身朝星球的那一侧看了看。那边也没有一个人……

“这样的话，”国王回答：“那你就审判你自己好了。这可是最困难的。审判自己要比审判别人难得多了。如果你能很成功的做好这件事，你就会成为一个真正的智者。”

“我吗，”小王子说，“随便在什么地方都可以审判自己，没有必要留在这里。”

“我想，”国王又说：“在我的星球上有一只老鼠，晚上都能听到它的声音。这样吧，你可以审判它呀！你可以偶尔判它死刑，它的死活就看你如何审判了。不过，每次你都必须再赦免它，因为，这是惟一的一只老鼠，得对它宽大点。”

“我不喜欢判任何人或任何东西死刑，”小王子说：“再说我要走了。”

国王大叫：“不！”

小王子已经做好走的准备，但他不愿伤老国王的心，他对老国王说：“如果陛下希望令出即行，您可以向我下达合理的命令。例如说，可以命令我在一分钟之内离开。我认为时机成熟。”

国王没有回话，小王子叹口气，迟疑了一下，然后离开了。

国王急忙大叫：“我封你为大使。”

国王摆出一副很权威的样子。

小王子一面赶路，一面自言自语：“大人们真怪。”

11

第二颗星球住着一个爱慕虚荣的人。

“啊！太好了！有一个仰慕者要来拜访我了！”看见小王子，这位爱慕虚荣的人打老远就高声喊。

在那些爱虚荣的人眼里，别人都成了他们的崇拜者。

“你好！”小王子说：“您戴的帽子好奇怪哟！”

“那是给人答礼用的。”自大狂回答说，“别人向我喝彩时，我就脱帽致意。只可惜这条路从来没人走。”

“这样子啊？”小王子说。他不知道这个男人在讲些什么。

“快点拍手。”这个爱慕虚荣的的人告诉他。

小王子于是拍手。爱慕虚荣的人举起帽子，态度谦恭地行礼。

“这比拜访那位国王好玩多了。”小王子心想，于是又多拍几次手，爱慕虚荣的人又举帽子行礼。

玩了5分钟，小王子就开始厌倦了这种单调的把戏。

“要怎么做，你才会把帽子丢掉呢？”小王子问。

爱虚荣者没有听见他的话，因为凡是爱虚荣的人只听得见赞美声。

“你真的很崇拜我吗？”他问小王子。

“崇拜的意思是什么啊？”

“崇拜的意思，就是你认为我是这个行星上最帅、最会穿衣服、最有钱、而且是最聪明的人。”

“可是，你的行星上就只有你一个人啊！”

“你就帮我一个忙，崇拜我一下嘛。”

“好吧！”小王子轻轻地耸了耸肩，“我就崇拜你吧。可这有什么能使你如此高兴的呢？”

小王子说完就走了。

“大人还真的是很奇怪！”小王子一边赶路一边对自己说。

12

第三个星球上住着一位酒鬼。这是一次相当短暂的拜访，却使他心情沮丧了好一阵子。

“你在这儿做什么呀？”他看到有个人静静地坐在那里，面前有一大堆空酒瓶子，一旁还有许多没开过的瓶装酒。

“喝酒啊！”酒鬼阴沉忧郁地说。

“为什么要喝酒？”小王子追问道。

“为了忘却。”酒鬼回答。

“忘掉什么呢？”小王子动了恻隐之心。

“为了忘掉我的羞愧。”酒鬼忏悔着，垂下头来。

“为什么羞愧？”小王子很想帮助他。

“因为我喝酒！”酒鬼醉倒了，进入无声的沉静中。

小王子怅然地走开了，心中满是疑惑。

“大人们真是不可理喻。”他自言自语，叹息着又踏上了旅途。

13

第四个星球是属于一个商人的。这个商人忙得不可开交，所以，小王子到达时，他甚至连头也没有抬。

“早安，”小王子和他打招呼：“你的烟熄了。”

“三加二等于五；五加七等于十二；十二加三等于十五。你早！十五加七等于二十二；二十二加六等于二十八。我没时间再点烟了。二十六加五等于三十一。哇！总共是五亿一百六十二万二千七百三十一。”

“五亿什么？”小王子问。

“什么？你还在这里啊？五亿一百万？我也不知道是什么了。我有太多的工作要做……我是很忙的人！我绝不虚度生命……二加五得七……”

“五亿一百万什么？”小王子重复问道。只要他问了问题，他就绝对不放弃。

商人终于抬起头。

“我在这行星上已经住44年了，44年中，只被打断过3次。第一次是22年前，不知从哪儿来了一只甲虫，制造出惊人的声音，害我算错了4次。第二次是11年前，我风湿病发作。我的运动量不够，我没时间闲晃，我可是个严肃的人，真的。第三次嗯，就是现在！我刚刚说到哪里了？五亿一百万？”

“五亿一百万什么？”

这个商人终于明白，他若不回答这个问题便休想有片刻安宁。

“那些小东西，就是你常在天空看到的那种。”

“苍蝇吗？”

“不，不是，是小小的、发光的东西。”

“萤火虫吗？”

“噢，不是。是那种小小的、闪闪发光的东西，那些让懒惰的人做白日梦的东西啦。不过，我是个很严肃的人，才没时间做白日梦呢！”

“啊，是星星吗？”

“没错！就是星星。”

“你要拿这五亿星星做什么？”

“是五亿一百六十二万二千七百三十一颗星星。我很认真地计算，而且结果是相当精确的，我可是一个相当严肃的人哟！”

“你拿这些星星做什么？”

“我要它做什么？”

“是啊。”

“什么也不做。它们都是属于我的。”

“哦，你拥有这些星星。是吗？”

“是啊。”

“可是，我刚遇到一个国王，他……”

“国王并没有拥有权，国王统治它们，这不是一码事！”

“可是，对你来说拥有这些星星有什么用呢？”

“这可以使我变得富有。”

“有钱有什么用？”

“那我就可以买更多星星啊，如果有人再发现星星的话。”

“这个人的想法跟那个酒鬼一样。”小王子心里这样想着。

但是无论如何，小王子还是继续问问题：

“你怎么能拥有这些星星呢？”

“那么你说说，谁可以拥有它们呢？”商人有点烦了，没好气地反问道。

“我不知道，没有人吧?!”

“那就对了！它们是我的，因为我是第一个想到拥有它们的人。”

“是这样子的吗？是这样吗？”

“当然喽。如果你发现一颗没有人的钻石，它就是你的；当你发现一个无人的岛，那个岛就是你的；当你比别人早一点想到任何创意，你如果去申请专利，那就成了你的了。现在这些星星归我所有，因为之前从来没人想过要拥有星星呀！”

“这倒也是。”小王子说道。“可是你用它们来干什么？”

“我管理它们。我正在重复计算它们的数量。”商人回答，“这相当困难，不过我是一个相当严肃认真的人。”

小王子仍然不满意。

“如果我有一条围巾，我就会把它围在脖子上；如果我有一朵花，我可以把它摘下来带走。可是，你不能把星星摘下来。”

“我不能摘星星，但我能把它们存入银行。”

“那是什么意思？”

“意思就是，我可以把多少星星写在一张纸上，然后把这张纸锁在抽屉里。”

“就这样吗？”

“这样就够了。”商人说道。

“真好玩。”小王子想。“还挺有诗意的呢，但算不上是严肃正经的事儿。”小王子对于什么事情是重要的，跟大人的观点非常不一样。

他继续说：“我呢，我自己拥有一朵花，我每天给她浇水；我有三座火山，我每个礼拜都会清理一次，我也清理死火山，以防万一。对我的花和火山来说，被我拥有是有用的。可是，你对星星好像没有用嘛？”

商人张口结舌无言以对。于是小王子就走了。

“大人们真的非常特别。”小王子这样想着，继续他的旅程。

14

第五颗星球，真的是很奇特。它是所有行星中最小的，只能容得下一盏灯和一个灯夫。

小王子无法理解，在星际里，在这样一个没人居住也没有房子的星球上，要一盏灯和灯夫有什么用？

但他仍然对自己说：

“这个灯夫也许很可笑，但是，比起那个国王、酒鬼、爱慕虚荣的人和商人好多了。至少，他的工作还有点意义。当他点亮街灯的时候，就好像另一颗星星或花朵诞生了一样；当他熄掉街灯时，就像是送星星或花朵回去睡觉。这活儿充满诗意，既然充满诗意，那就是有益的工作。”

于是,他怀着崇敬的心情，登上了这个星球。

“早上好，你刚才为什么把路灯熄了呢？”

“这是规定呀，”灯夫回答：“早上好。”

“什么规定？”

“把灯熄掉呀！晚安。”他又点燃了路灯。

“那么为什么你又把灯点亮呢？”

“规定呀。”灯夫回答。

“我不懂。”小王子说道。

“用不着明白，”灯夫说：“规定就是规定。早上好。”

随后他又熄了灯，然后拿出一条红方格的手帕擦一擦前额。

“这活儿可把我累苦了。以前还说得过去，早上熄灯，晚上点灯，剩下时间，白天我就休息，夜晚我就睡觉。”

“现在的规定改了？”

“规定倒没有改，”点灯人说，“倒霉就倒霉在这儿！行星一年转得比一年快，而规定却没有改变！”

“结果呢？”小王子问。

“结果现在每分钟转一圈，我连一秒钟的休息时间都没有了。每分钟我就要点一次灯，熄一次灯！”

“真好玩！你这里每天只有一分钟长？”

“一点都不好玩！”灯夫说道，“我们已经聊了一个月了。”

“一个月？”

“没错，一个月。30分钟，就等于30天了。晚安！”

灯夫又把灯点上。

小王子看着他，觉得自己挺喜欢这个忠于职守的灯夫。他想起以前要欣赏落日时，只需挪动座椅就行。于是他想帮助灯夫。

“你知道吗？”小王子说，“有一个方法可以让你休息，当你想休息的时候。”

“我一直都想休息。”灯夫说：“一个人是不可能同时努力工作和偷懒的。”

小王子接着说：

“你的行星这么小，走三步就可以绕一圈了，你只要放慢脚步，太阳就老在你的头顶上。你想休息的时候，你就往前走——那样，你的白天要多长有多长。”

“这办法帮不了我多大忙，我生来就喜欢睡觉。”灯夫说。

“真不走运。”小王子说。

“真不走运。”点灯人说。“早上好。”

他又熄灭了路灯。

小王子继续踏上他的旅程，他独自想着：“国王、爱慕虚荣的人、酒鬼、商人一定都会看不起灯夫。然而，他却是我惟一不觉得愚蠢的人。也许因为他是惟一不为自己而忙碌的人吧?!”

他感慨地叹了口气，自言自语道：

“他是惟一一个我想跟他做朋友的人。可是，他的行星实在太小了，住不下两个人。”

小王子没有勇气承认的是：他留恋这颗令人赞美的星星，是因为在那里24小时之内有1440次日落！

15

第六个星球比刚才那个要大上十倍。上面住着一位老先生，他在写作一本大部头的书。

他远远看到小王子走来，便嚷嚷开了：“哇！来了一位探险家。”

小王子这次长途跋涉，走了不少路。他走到桌边坐了下来，有点气喘吁吁。

“你从哪儿来？”老先生问道。

“那本厚厚的书是什么呢？”小王子问：“你在这儿做什么？”

“我是地理学家。”老先生说道。

“什么是地理学家？”

“地理学家就是一种学者，他知道哪里有海洋，哪里有江河、城市、山脉、沙漠。”

“那可真有意思。”小王子说，“总算碰上一个有真正职业的人了！”他在地理学家所住的星球四面逛了一遍，发现这是他迄今为止所见到的最壮丽的一个星球了。

“您的星球真美呀。上面有海洋吗？”

“我无法知道。”地理学家说道。

“哦！”小王子：“那有山脉吗？”

“我无法知道。”地理学家回答。

“那……城市、河流、沙漠呢？”

“我也无法知道。”

“可是，你是一个地理学家啊！”

“没错，”地理学家说道，“但我不是探险家啊。我这儿根本没有探险家。地理学家是不需要去计算和探测城镇、河流、高山、大海、大洋、沙漠的。地理学家的工作太重要了，根本没有时间到外面闲逛！他绝不能离开办公室，不过，他会从探险家那儿接收信息来作为研究材料。他会问他们问题，记下他们的经历。要是某个探险家提供的旅游记录够有趣的话，那么地理学家就会对他的品行和背景进行调查。”

“为了什么？”

“一个说谎的探险家会让地理学家写的书很惨，饮酒过量的探险家也是一样。”

“这又是为什么？”小王子好奇地问。

“因为喝醉了酒的人会把一个看成两个，那么，地

理学家就会把只有一座山的地方写成两座山。”

“我认识一个人，他就是那种差劲的探险家。”小王子说。

“这是可能的。因此，如果探险家的品德不错，我才会去调查他的发现。”

“你亲自去实地调查吗？”

“不，那太复杂了，不过，我会要求探险家提出证据来。例如，假使他发现了一座大山，就要求他带来一些大石头。”

地理学家突然兴奋起来。

“你是个来自远方的探险家，请你把你的那个星球给我描述一番吧！”

地理学家打开他的登记簿，把铅笔削尖。

他先用铅笔记下探险家的口述。探险家提供证据后，再用钢笔誊写。

“好啦！请谈吧！”地理学家说。

“哦，我住的那个地方不是很有趣。”小王子说，“那里所有的东西都是小小的。星球上共有三座火山：两座是活火山，一座已经熄灭了。不过，谁知道将来会怎么样。”

“你当然不会知道。”地理学家说。

“我还有一朵花。”

“我对花不感兴趣。”地理学家说。

“为什么不？那是我那个星球上最美的东西啊！”

“因为花不列入记录，”地理学家说，“花儿的生命是短暂的。”

“什么叫短暂？”

“地理学书籍是所有书中最严肃的书。”地理学家说道“这类书是从不会过时的。很少会发生一座山变换了位置，很少会出现一个海洋干涸的现象。我们记载的是永恒的东西。”

“但是熄灭的火山也可能会再复苏的。”小王子打断了地理学家。“什么叫短暂？”

“火山是熄灭了的也好，苏醒的也好，这对我们这些人来讲都是一回事。”地理学家说，“对我们来说，重要的是山。山是不会变换位置的。”

“但是，‘短暂’是什么意思？”小王子再三地问道。他一旦提出一个问题是从不放过的。

“意思就是很快就会消失。”

“我的花是很快就会消失的吗？”

“那当然。”

“我的花生命是短暂的，”小王子自言自语地说，“而且她只有四根刺来保护自己！可我却把她孤零零独自留在家里！”

这是小王子第一次对自己的离开感到懊悔。不过，很快地，他又重新振作起来。

“您能否指点我，我该去哪儿访问？”

“地球，”地理学家回答：“它的名声不错。”

于是，小王子离开了，心中想念着他的花。

16

第七颗星球就是地球。

地球可真不是个普通的星球！它上面有一百一十一位国王（当然，也包括黑人国王在内）、七千个地理学家、九十万个商人、七百五十万个酒鬼，还有三亿一千一百万个自负的人。这些人全部加起来，大约有二十亿个大人。

为了让你对地球的大小有个概念，我想告诉你，在发明电灯之前，如果要让全球六大洲的灯全点上的话，就得劳动四十六万二千五百一十一个灯夫来点灯。远远望去，真是光彩夺目，无比绚烂。就像歌剧院的芭蕾舞动作一样有条不紊。

首先上场点灯的该是新西兰和澳大利亚的灯夫，点着了灯，随后他们就去睡觉了。接着，就换中国和西伯利亚的灯夫登上舞台，他们很快就退到舞台后面去了；然后，就轮到俄罗斯和印度的灯夫；接着是非洲和欧洲；再来是南美洲；然后是北美洲的灯夫。而且，没有人会出错，或是把出场的顺序搞错，这真是一个奇观啊!

只有负责照料北极那盏孤零零的街灯和照料南极街灯的两名点灯人，过得比谁都安逸，因为，他们两个人一年只需忙碌两次就够了。

17

当你试着要诙谐一点时，有时可以撒点无关紧要的小谎。关于点灯人，我说得并非十分明白。可能会让那些不清楚地球现状的人，产生一些误解。人们在地球上所占据的空间其实很小，如果地球上20亿人成排紧密地站在一起，就像参加聚会那样，他们很容易就可挤进一个边长20英哩的正方形广场。也就是说可以把全部的人类，都挤进一个太平洋的小岛上。

当然，大人们是不会相信这些的。他们会觉得自己占了很大的空间，他们把自己看得像猴面包树那样大得了不起。那你就建议他们算一算。他们不是喜欢数字吗？他们会高兴的。

但你本人别浪费时间去过问这件多余的事，这毫无必要。我想，你是会相信的。

小王子一登陆就很惊讶，他没有看到任何人。当一个月光色的环状物在沙间移动时，他已经开始猜想：自己是不是登陆错星球了。

“晚安。”小王子并不指望得到回答。

“晚安。”一条蛇回应说。

“我在哪一个星球？”小王子问。

“在地球上，在非洲。”蛇回答。

“啊！怎么，难道说地球上没有人吗？”

“这里是沙漠，沙漠中没有人。地球是很大的。”蛇说。

小王子在一个石头上坐下来，仰望天空。

“我在想，星星们闪闪发亮是不是为了要让每个人找到回家的路，”他说：“看，我的那颗星星，它恰好就在头上却距离如此遥远！”

“它很美。”蛇说，“你到这里来干什么呢？”

“我和一朵花之间有点问题。”小王子说。

“噢！”蛇说。

于是他们都沉默下来。

“所有的人都到哪儿去了？”小王子终于又开了腔：

“在沙漠上，真有点孤独。”

“人群里也是很寂寞的。”蛇说。

小王子久久凝视着它。

“你是个奇怪的动物，细得像个手指头。”小王子终于又开始说话了。

“可是，我比国王的手指头还要有力。”蛇说。

小王子微笑了。

“你才没有什么力呢！你又没有脚，也走不了多远。”

“我能带你去任何船只都走不到的地方。”蛇说。

它把自己缠在小王子的脚踝上，就像一只金镯子一样。

“地球上无论是谁被我碰到，都会被我送回老家，”它继续说道，“可是，你是如此纯洁，又来自别的星球。”

小王子默默无言。

“我为你感到难过——在这个花岗岩组成的地球上，你是如此脆弱，”蛇说道，“如果你发现自己很想家的话，我可以帮助你，我可以……”

“噢！我完全明白你的意思，”小王子说，“但你为什么要说些令人费解的话呢？”

“才不呢！我专门解答问题的。”蛇说。

于是，他俩又陷入沉默。

18

于是，小王子越过沙漠，他只遇到一朵花，一朵有着三枚花瓣的花，一朵很不起眼的小花。

“早安。”小王子说。

“早安。”花说。

“请问人都到哪儿去了？”小王子十分礼貌地问道。

花儿曾看到一个商队经过。

“人吗？我想大概有六七个吧，几年前看到过他们，但我不知道在哪儿能找到他们，风把他们吹散了，他们没有根，活得很辛苦。”

“再见了。”小王子说。

“再见。”花儿说。

19

小王子爬上了一座高山。过去，他所知道的山，就是他那座只有膝盖高的火山，他还很习惯把死火山当做凳子呢！他心想：“登上这样的一座高山，我就可以一眼望尽整个星球和全人类了。”

然而，他看到的只是悬崖峭壁。

“哈罗！”他并不指望有任何响应。

“哈罗——哈罗——哈罗”一阵阵回音传来。

“你是谁？”小王子问。

“你是谁？你是谁？你是谁？”回音回答。

“做我的朋友吧！我好寂寞。”他喊道。

“我好寂寞——我好寂寞——我好寂寞。”依旧是回音。

于是小王子想着：“好奇怪的星球！这里又干躁、又陡峭，充满咸味，而且人们一点想象力也没有。他们只会重复你对他们说的话而已，在我的家乡，我的花总是先开口说话。”

这真是个全然干燥和尖锐的星球

20

在沙漠、岩石、雪地上行走了很长的时间以后，小王子终于发现了一条大路。只要有路，就会通向人类居住的地方。

“哈罗！”他说。

他走过一个盛开玫瑰的花园。

“哈罗！”玫瑰花们说。

小王子注视着她们，看上去她们和他的花儿非常相似。

“你们是谁？”他惊奇地问她们。

“我们是玫瑰花

呀。”玫瑰们说。

“啊！”小王子说。

他感到很伤心。他的花儿曾经告诉他，她是全宇宙仅有的一朵玫瑰。而这里，单是这个花园里就有五千朵玫瑰花，长得跟他的花儿一模一样！

“她一定会气得要命，如果她看到这幅景象的话，”他想，“她准会咳得很厉害，而且会装出一副快死的样子，以免被嘲笑。而我就得装出照顾她的样子——因为如果我不这样做的话，她真的会因为羞辱而自杀。”

然后，他对自己说：“我还以为我有一朵独一无二的花呢，我有的仅是一朵普通的花。这朵花，再加上三座只有我膝盖那么高的火山，而且其中一座还可能是永远熄灭了的。这些根本就不能让我成为一个了不起的王子啊！”于是，他趴在草地上伤心地哭泣起来。

21

这时，一只狐狸出现了。

“早上好。”狐狸说。

“早上好”小王子很有礼貌地回答，他转过头去，但什么也没看到。

“我在这儿，在苹果树下。”那个声音说。

“你是谁？”小王子问，又接着说，“你看起好漂亮。”

“我是一只狐狸。”狐狸说道。

“来和我一起玩吧，”小王子提议，“我现在很伤心。”

“我不能和你玩，”狐狸回答：“我还没有被驯养。”

“啊！对不起。”小王子说。

他想了一想，之后说：

“驯养？什么叫驯养？”

“原来你不是这里的人。”狐狸说。“你在找什么？”

“我在找人，”小王子说，“驯养是什么意思？”

狐狸说：“人类有枪，他们会打猎，真是讨厌。但他们也养鸡，这是他们好的地方。你在找鸡吗？”

“不是，”小王子说，“我在找朋友。驯养是什么意思？”

“这是常常被人们遗忘的事情，”狐狸说道，“它的意思就是‘建立关系’。”

“建立关系？”

“没错，”狐狸说：“对我而言，你只不过是个小男孩，就像其他千万个小男孩一样。我不需要你，你也同样用不着我。对你来说，我也不过是只狐狸，就跟其它千万只狐狸一样。然而，如果你驯养我，我们将会彼此需要，对我而言，你将是宇宙间惟一的了；我对你来说，也是世界上惟一的了。”

“我有点明白了，”小王子说，“有一朵花我想她已经驯养我了。”

“很有可能，”狐

狸说道，“地球上什么事情都可能发生。”

“噢，这不是在地球上的事。”小王子说。

狐狸很好奇：“在另一个星球上吗？”

“是的。”

“那个星球有猎人吗？”

“没有。”

“哇，多有趣呀！那么，有鸡吗？”

“没有。”

“没有十全十美的事。”狐狸说着，叹了口气。

但狐狸又把话题拉回来：

“我的生活很单调乏味。我捕捉鸡，而人又捕捉我。所有的鸡全都一样，所有的人也全都一样。我已经厌烦了。不过，如果你驯养我，那我的生命就会充满阳光，你的脚步声会变得跟其他人的不一样。其他人的脚步声会让我迅速躲到地底下，而你的脚步声则会像音乐一样，把我召唤出洞穴。然后，你看，看到那边的麦田了吗？我不吃面包，麦子对我来说一点意义也没有。麦田无法让我产生联想，这实在很可悲。但是，你有一头金黄色的头发，如果你驯养我，那该会有多么美好啊！金黄色的麦子会让我想起你，我也会喜欢听风在麦穗间吹拂的声音。”

狐狸停止了说话，凝视着小王子。

“求求你驯养我吧！”

“我很想，”小王子说，“可我没有太多时间。我想去交朋友，还有，想弄懂很多事情。”

“你只能了解你所驯养的东西。”狐狸说，“人类不再有时间去了解事情了，他们总是到商店里买现成的东西。但是，却没有一家商店贩卖友谊，所以，人类没有真正的朋友。如果你想要一个朋友，就驯养我吧！”

“那我要做些什么呢？”小王子问。

“需要有非常的耐心。”

狐狸回答，“首先，你必须离我稍远一点，就那样，远远地坐在那边的草地上。我会用眼角不经意地瞟你，这时，你什么也不要说。言语可是会导致误会的，然后，你可以一天天地向我靠近……”

第二天，小王子又来了。

“你要能在每天同一个时间来就更好。”狐狸说道，“比如说你在下午四点来，从三点钟开始，我就开始感觉很快乐，时间越临近，我就越来越感到快乐。到了四点钟的时候，我就会坐立不安，我发现了幸福的价值，但是如果你随便什么时候来，我就不知道在什么时候准备好迎接你的心情了，仪式还是需要的。”

“什么是仪式？”小王子问道。

“这是另一件经常被人们遗忘的事情。”狐狸说。“它就是使某一天与其它日子不同，使某一时刻与其它时刻不同。比如说，那些猎人就有一种仪式，他们每星期四都和村子里的姑娘们跳舞。于是，星期四就是

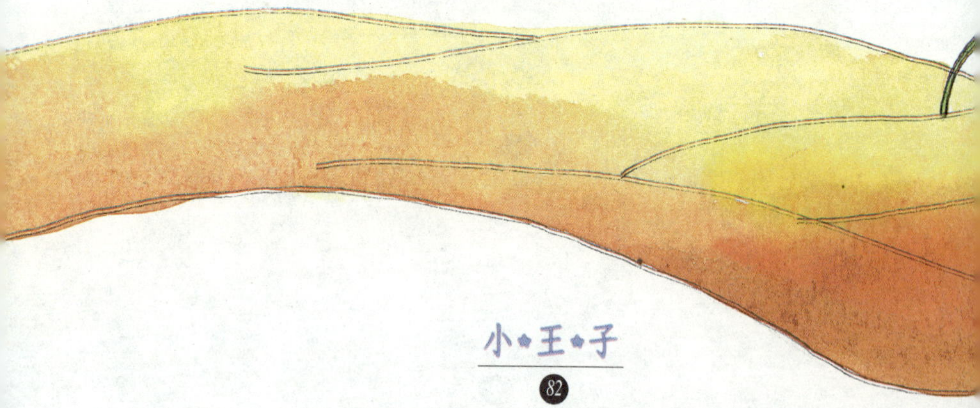

一个美好的日子！我可以一直散步到葡萄园去。如果猎人们什么时候都跳舞，天天又全都一样，那么我也就没有假日了。”

就这样，小王子驯服了狐狸。在他离开的时刻快要来到时。

“啊！”狐狸说，“我一定会哭的。”

“这就是你自己的错了，”小王子说，“我不想伤害你，是你要我驯养你的。”

“对啊。”狐狸说。

“可是，你快哭出来了！”小王子说。

“当然啰。”狐狸说。

“那你根本没得到什么好处！”

“不，我得到了好处！现在我拥有麦子的颜色了。”

然后，狐狸又接着说：

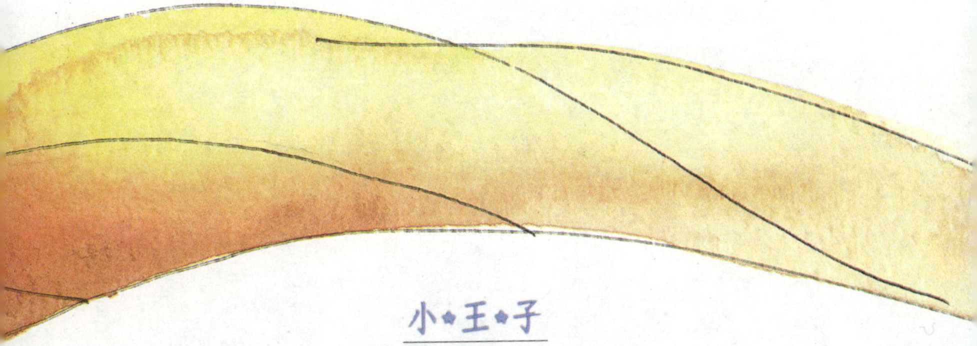

“再去看看那些玫瑰花吧！你一定会明白，你的那朵是世界上独一无二的玫瑰。你回来和我告别时，我再赠送给你一个秘密的礼物。”

于是，小王子又去看那些玫瑰花。

“你们一点儿也不像我的玫瑰。”他告诉她们，“你们现在什么都不是。没有人驯养过你们；你们也没驯养过任何人。你们就和我的狐狸以前那样，她曾经和其他千百只狐狸一样，但现在她是我的朋友了，从此以后，她是世界上独一无二的狐狸。”

玫瑰们一点都不喜欢他所说的话。

“你们很美，”他继续往下说，“但是很空虚。没有人会为你们而死，没错，一般过路的人，可能会认为我的玫瑰和你们很像，但她只要一朵就胜过你们全部，因为她是我灌溉的那朵玫瑰花；她是我放在玻璃罩下面，让我保护不被风吹袭，而且为她打死毛毛虫（只留两三只变成蝴蝶）的玫瑰；因为，她是那朵我愿意倾听她发牢骚、吹嘘、甚至沉默的那朵玫瑰；因为，她是我的玫瑰。”

然后，小王子又回到狐狸身边。

“再见了。”他说。

“再见。”狐狸说。“我的秘密其实很简单：只有用心灵才能看得清事物的本质；真正重要的东西是肉眼无法看见的。”

“真正重要的东西是肉眼无法看见的。”小王子重复着狐狸的话，以便能把它记在心间。

“因为你把时间投注在你的玫瑰花身上，所以，她才会如此重要。”

“因为我把时间投注在我的玫瑰花身上……”小王子说着，以免自己忘记。

“人类已经忘记这个简单的真理了。”狐狸说，“不过，你不可以忘记，你必须对那些你所驯养的东西负责。你必须对你的玫瑰花负责任。”

“我必须对我的玫瑰花负责任。”小王子重复着这些话，他要让这些话深深地印在自己的脑海中。

“早上好!”小王子打着招呼。

“早上好!”扳道工回应着。

“你在这儿干什么？”小王子问他。

“我为人们扳道、发车。”扳道工回答。

这时，一列华丽的快车飞驰而过，响声如雷，将扳道工的小屋震得颤动起来。

“跑得那么急!”小王子说，“他们要去哪里？”

“这个嘛，看来连列车长也不一定说得清楚呀!”扳道工回答说。

第二列崭新的快车又从另一个方向飞驰而过。

“他们已经回来了吗？”小王子还在探究。

“这可不是先前的那一列，”扳道工回答，“它们正好是对开列车。”

“他们不满意原先所住的地方吗？”小王子问道。

“人总是这山望那山高的。”扳道工说。

第三列灯火通明的火车也轰隆隆地响起来了。

“他们在追第一批旅客，对不对？”小王子问。

“他们什么人也不追。他们在里面睡觉、打哈欠。”扳道工说，“只有孩子们把鼻子贴在玻璃窗上往外看。”

“是呀，看来只有孩子们才知道他们在追寻什么。”小王子说，“他们为一个布娃娃花费不少时间，这个布娃娃就成了很重要的东西，如果有人夺走的他们的布娃娃，他们就哭泣。”

“孩子们是有福的。”扳道工说。

23

“早上好!”小王子在打着招呼。

“早上好！”商人回答。

那是位推销止渴丸的商人。一个星期吃一颗，你就不会觉得口渴了。

“你为什么要卖这种药丸呢？”小王子问道。

“为了节省更多的时间。”商人说，“专家们计算过，每个星期能节省53分钟。”

“节省的这53分钟，有什么用途？”

“那么，这53分钟用来做什么呢？”

“随你便吧……”

“我若有53分钟的空闲，我就会悠闲地逛到清冽的泉边去。”

24

这是我的飞机在沙漠失事的第八天。在我听小王子讲生意人的故事时，喝完了最后一滴水。

“唉!”我对小王子说，“你的回忆确实非常动人，现在的问题是我既没有修好飞机，而且身边再没有水可喝了。要是我也能悠闲地逛到清冽的泉边去，我当然也会非常高兴的。”

“我的狐狸朋友……”小王子还有话要对我说。

“我的小人儿，别再说狐狸的事了！”

“为什么？”

“因为，我们就快要渴死了。”

他根本就不了解我的意思，继续说:

“有个朋友是很好的，即使你快死了，像我，我就真的很高兴我有一个狐狸朋友。”

“他根本一点危机意识都没有。”我想，“他根本就没有渴过，也没饿过，他所需要的只是一点阳光就可以了。”

但是，他凝视着我，好像猜透了我的心思:

“我也很渴，我们去找井吧……”

我疲倦地耸耸肩。在浩瀚无垠的沙漠里，去找一口井，真荒谬。然而，我们还是出发了。

我们沉默地走了数个小时之后，天黑了下来，星星也出来了。我渴得有点神智不清，望着天上一颗颗明亮的星星，仿佛自己正置身于梦中。小王子说的话也似乎在我的脑海中跳跃。

“你也渴了，是吗？”我问他。

他没有回答我的问题，只是说：

“水对心灵也会有好处……”

我不懂他的话是什么意思，只好沉默。我知道不应该去问他。

他累了，坐了下来。我也在他身旁坐下。沉默了一会儿后，他又说道：

“因为有一朵我们看不到的花儿，星星才显得如此美丽。”

“当然。”我说。

然后便望着月光下绵延起伏的沙丘，不再多说什么。

“沙漠是如此的美丽。”小王子说。

这倒是真的。我一直很喜欢沙漠。你可以坐在沙丘上，虽然看不到任何东西，也听不到任何声音，却有一种说不出的东西在那幽幽深处散发着光芒。

“沙漠美丽，因为沙漠的某处隐藏着一口井。”小王子说。

我很惊讶，突然明白了为什么沙漠放着光芒。当我还是个小男孩的时候，我住在一栋古老的房子里，有一个传说说那里埋有宝藏。当然，没有人能找到宝藏，可能也没有人看到过宝藏，但是，那房子却因此笼罩了一层魔力。我家的地心深处，隐藏了一个秘密。

“是啊，”我对小王子说，“不管是房子、星星，或是沙漠，都因为看不见的东西而显得美丽！”

“真高兴你同意我的狐狸的看法。”他说。

小王子睡着了，我抱起他，继续朝前走。我的内心有种深深的感动，仿佛自己抱着的就是一件非常脆弱的珍宝。我甚至觉得，在这个世界上再也找不到比这更纤弱的宝物了。月光下我看着那苍白的前额、紧闭的眼睛和那在微风中轻轻颤动的鬓发，此刻，我对自己说：“我见到的不过是具躯壳，而那最重要的部分，光靠肉眼是不见的……”

他双唇微张，嘴边荡漾着朦胧的笑意。

我喃喃自语：“熟睡中的这位小王子让我如此感动的，是他对那朵花儿忠贞的爱……那朵玫瑰的影子，照亮了他整个生命，如同一盏明灯，甚至当他熟睡的时候……”

而我竟觉得他更脆弱了。我心中产生一股要保护好的他的冲动，仿佛他本身就是一阵微风吹过就可能熄灭的火花……

就这样，走着走着，拂晓的时候，我们找到了水井。

25

“人们拼命挤进快速火车，”小王子说：“却不知道自己在寻找些什么。于是他们变得忧虑、烦躁、在原地打转……”

然后，他又补充道：

“这没有必要。”

我们所找到的井不像沙漠的井。沙漠里的井只是地上的洞，我们的井却像村子里的井。可是，四周并没有村子啊，我想，我一定是在做梦。

“真是奇怪了，”我告诉小王子，“打水用具全都在：辘轳、水桶、绳子……”

他笑着，拉起绳子，转动辘轳，当风儿再度吹动时，辘轳发出的声音，像是久未使用的风向标。

“听！”小王子说。“我们叫醒这口井了，它正在唱歌呢。”

我不想让小王子太累。

“让我来吧！”我说，“这对你来说太重了。”

我慢慢地把水桶提到井栏上。把它稳稳地放在那里。我的耳朵里还响着辘轳的歌声。依然还在晃荡的水面上，闪烁着粼粼的波光。

“我好渴，好想喝水，”小王子说道，“给我一点儿水喝。”

这时我才明白了他所要寻找的是什么！

我把水桶举到他唇边，他闭着眼睛啜饮。这是怎样的飨宴啊。这水的确比一般水更富有营养，它是来自于星空下的漫步、辘轳的歌声和我举水的辛劳呢！它就像是一件礼物一样。当我还是个小男孩的时候，圣诞树上的光、子夜弥撒的音乐及温柔的笑脸，给我收到的礼物增添了许多光辉。

“人类在一个花园里种了五千朵玫瑰，”小王子说：“然而，却仍找不到真正追寻的东西。”

“是啊，他们是找不到的。”我回答。

“可是他们一直追寻的东西，其实就在一朵花儿上或几滴水中就能找到的。”

“一点不错。”我回答道。

然后，小王子接着说：

“肉眼是盲目的，我们必须要用心才能看得到……”

我已经喝过水，呼吸也顺畅多了。旭日把沙漠染成蜂蜜色，这个颜色让我感到很快乐。然而，为什么我又如此忧伤呢？

“你可要履行诺言啊。”小王子温柔对我说，他又靠近我坐着。

“什么诺言？”

“你知道的呀，就是给我的羊画个口罩……我要对我的花儿负责呀……”

我从口袋中拿出我的画稿。小王子看看那些画，笑着说：

“你画的猴面包树，有点像白菜。”

“啊！”

我还一直自以为画得不错呢!

“你画的狐狸耳朵有点像犄角，而且又太长了！”然后，他又笑了。

“这不公平，我的小人儿，我惟一会画的，就只是蟒蛇的外观图和透视图。”

“噢，没关系的，”他说，“小孩子会看得懂的。”

然后，我用铅笔画了一个口罩，把它交给他的时候，我的心揪得紧紧的。

“你有什么计划瞒着我吗？”我问道。

他没有回答我，只说：

“你知道吗，明天就是我到地球的周年纪念日了。”

接着，沉默了一会儿，他又说道：

“当时我就落在附近……”

此时，他的面颊绯红。

不知为什么，我有一种说不出来的惆怅悲哀。突然间我想到一个问题：

“那么，八天前的那个早晨，我在那个罕无人迹的地方遇见你，并不是偶然?!你是在走回你降落地点的

半路上，是吗？”

小王子的脸又红了。

我又犹豫着问：“也许是为了纪念降落周年？”

小王子的脸再次红了。

他没有回答我的问题。但是，脸红就表示“是”了，不是吗？

“噢，”我说：“我怕……”

但是他却回答我：

“现在，你该回去工作了，快回去修飞机吧。我会一直在这里等，你明天傍晚再回来……”

可是我放不下心。我想起了那只狐狸，如果你被驯养的话，难免要掉泪了。

26

水井边有片老旧的、残缺的石墙。第二天晚上我弄完飞机赶过来的时候，远远地就看到小王子坐在墙上，两只脚晃来晃去。我听到他说：

“你不记得啦，”他说：“不是这里呀。”一定有别的声音在跟他讲话，因为他答道：

“是，是！是今天没错，但是地点不对呀。”

我继续朝着墙走去，仍然没看到或听到任何人的声音。但是，小王子又说话了：

“……当然，你会看到我留在沙地上的脚印，看到它是从哪儿开始的，你在那儿等我就行了，今夜我会在那儿的。”

我离那片墙只有２０米远，可是却看不到任何东西。

沉默了一会儿之后，小王子又开口了：

“你的毒液很毒，是吗？你肯定那不会让我痛苦太久，对吗？”

我停了下来，虽然听不明白他在讲什么，但心里却有一种说不出的滋味。

“现在，你走开吧。”小王子说，“我要下来了。”

我低头看着墙脚，吓了一跳。在那儿，竖起来正对着小王子的，是一条黄色的蛇，三十秒内就能让人致命。我从口袋里掏出左轮手枪，奔跑过去，蛇一听到我的声音，便溜进沙堆里，就像一条潺流的小溪，慢慢地游移，然后，带着一丝金属般的声响，溜进石缝中。

我跑到墙边时，正好把我的小王子接在怀里。他的脸色雪一样惨白。

“这是怎么回事？噢，你怎么竟然和蛇也谈起心来了。”

我解开他一直围着的金色围巾，用一块湿布在他的太阳穴上沾些水，并给他一些水喝。现在，我不敢再问他任何问题了。他忧伤地看着我，双手围着我的脖子。我感觉到他的心跳声，就像一只遭受枪伤，生命垂危的鸟儿的心跳声一样。

“我很高兴你终于排除了引擎的故障。”他说，“这样，你就可以回家了。”

“你怎么知道的？”

我本来就想告诉他，我的活儿干得很顺手，超出我的想象。

他没有回答我的问题，接着说：

“我今天也要回家了。”

然后，他忧伤地说：

“路好远也很困难……”

我清楚地知道，不寻常的事就要发生了。我用双

臂紧紧地搂住他，就像搂着一个可爱的婴儿那样。对我来说，就好像他就要一头掉进无底的深渊里，而我却无法拉住他似的。

他的表情非常严肃，遥远而迷茫。

“我有你画的羊，还有羊的小屋。而且，还有口罩……”

然后，他带着忧伤的神情微笑了。

我等待了一段很长的时间，终于看到他渐渐地恢复了红润。

“小人儿，你受惊了……”

他真的很害怕，但他静静地笑了。

“今天晚上我会更害怕……”

再一次，我的心因这种无力感觉得寒冷。我知道，我无法忍受今后再也听不到他的笑声。对我来说，他的笑声就像沙漠中的喷泉。

“小人儿，”我说，“我想再继续听到你的笑声。”

可是，他却说：

“到今天夜里，正好是一年了，我会在我一年前降落地点的上空，找到我的那颗星星……”

“小人儿，求求你告诉我，蛇、见面的地方、还有星星，都只是一场恶梦，对不对？”

但是，他并没有回答我的问题，他说：

“真正重要的东西是看不见的……”

“没错，我知道……”

“就像我的花一样。如果你爱上了某个星球上的一朵花，那么，只要在夜晚仰望星空，就会觉得满天的繁星就像一朵朵盛开的花……”

“是的……”

“就像水一样。因为辘轳和绳子，使得你让我喝的水有如音乐一般。你记得吗？它是如此甜美。”

“是的……”

“夜晚，你抬头望着天空，寻找我的那颗星星。我的那颗太小了，无法指给你看。这样更好……你就把我的星星看做是万千星星中的一颗吧，这样你就会爱看所有的星星，他们都会变成你的朋友。另外，我还要给你一件礼物……”

然后，他又笑了。

“噢，小人儿，亲爱的小人儿！我多么喜欢听到你的笑声！”

“对啊，这笑声就是我的礼物。它就会像我们喝的水一样……”

“你想说明什么呢？”

“星星对每个人的意义是不一样的。对旅行的人来说，星星可以指引方向；对有些人来说，星星只是一些小光点；对专家来说，星星是研究对象；对我遇到的商人来说，星星是黄金。然而，所有的星星都是沉默的。你的星星将和别人的星星都不一样。”

“你的意思是……”

“我会住在这其中的一颗星星上面，在某一颗星星上微笑着，每当夜晚你仰望星空的时候，就会像是看到所有的星星都在微笑一般！”

于是，他又笑了。

“当你抚平你的忧伤的时候（时间会缓解任何忧伤），你就会是我永远的朋友，你要跟我一起笑。而且，有时候，当你为了与我一同欢笑而打开窗户时，你的朋友一定会因为你看着天空微笑感到很惊讶，到时候，你就可以告诉他们，‘没错，星星常让我笑！’然后，他们就会认为你疯了。这是我跟你开的小玩笑……”

他又笑了。

“这就像是我给你很多会笑的小铃铛，而不是小星

星一样……”

说着，他又笑了。然而他的笑容不久又蒙上了一种凝重。

“听着，今晚不要来！”

“我不会留下你一个人的。”我说。

“那时候我看起来会很痛苦，而且一副快死掉的样子。事情看起来就会像那样子，所以我不要你来，也不要你看，不要来……”

“我不会丢下你一个人的。”

他露出忧心忡忡的神色。

“我告诉你这也是因为蛇的缘故。别让它咬了你，蛇是很坏的，它随意咬人……”

“我不会丢下你一个人的。”

但是，突然间，他平静下来：

“对呀！它没有足够的毒液可以咬第二口。”

那天晚上，我没有看到他出发，他是悄悄走的。当我追上他时，他正迅速而坚定地向前走着，他对我说的只是：“噢！你来了。”

他心神不定地紧握我的手。

“你不该来的，你会很难过的，看到我那副快死的

他像一棵树一样轻柔地倒下
连一点声音也没有……

样子。虽然那不是真的……”

我没有说话。

“你知道的路途太远了，我不能带着这副躯壳呀，那太重了。”

我没有说话。

“那只是一副老旧的躯壳而已，你没有必要为老旧的躯壳而哀伤的……”

我还是沉默不语。

他有点泄气，但是马上又振作起来：

“想起你，我会很幸福的，你知道，我也会看着星星啊。所有的星星都将会有着生锈辘轳的井，所有的星星都会流出水来让我喝……”

我依旧沉默。

“那该会多么有趣呀！你会拥有五亿个小铃铛；我会拥有五亿口井……”

然后，他也沉默下来，泪水爬满了他的脸。

“就是这里了，让我自己走吧。”

他坐了下来，显得很害怕。然后说：

“你知道的，我得对我的花负责。她是如此脆弱！如此天真无邪！她只带着四根一点用也没有的刺，来保护自己，对抗周围的环境……”

我也坐了下来，因为我再也站不住了。他说:

“现在就这样了……”

他又迟疑了一会儿，然后站起来，往前踏了一步，而我却动弹不得。一道黄色的闪光接近他的脚踝，他有一阵子待在原地不动。他没有尖叫，他轻轻地倒下，像一颗树那样，毫无声息地缓缓倒在了一片沙地上。

27

这一切发生在六年前，我从未向别人讲起这个故事。我的同伴都很高兴地发现我还活着，我却很难过，只是告诉他们:“我累了。”

渐渐地，我的忧伤稍稍缓解了。我知道他肯定也已回到自己的那个小小的星球上，那是因为，天亮后我再也找不到他的躯体……每天夜里，我总喜欢凝神聆听那五亿颗小铃铛似的可爱的星星的声音……

然而，有一件极不寻常的事……我帮小王子画口罩时，忘记画条皮带。这样，他是永远也无法把口罩套到羊的嘴上的。所以，我不断地想：他的星球上发生了什么事？羊是否已经把花儿给吃了……

有时候，我对自己说："当然不会！小王子每晚都把玫瑰花罩在玻璃罩里，而且他会小心翼翼地看着他的羊……"然后，我就会觉得快乐了，所有的星星也都温柔地笑了。

有时，我又会想："万一有疏忽，后果就会很严重！如果，有一天他忘记帮花罩上玻璃罩，或者不小心让羊跑了出来……"于是，所有的小铃铛就变成了眼泪……

我们面临一个真正的难题，那就是：对于喜爱小王子的人们来说，世界的改变都维系在一件事上，那就是在某个地方，一个没有人知道的某个地方，会不会有一只我们不知道的羊，吃掉一朵玫瑰……

抬头仰望天空，问问你自己：羊是否已经吃掉那朵花了？然后，你就会看到每件事是如何地变化……

没有大人会了解这件事是一件多么重要的事情!

对我来说，这是世界上最美丽，也最令人哀伤的情景。它与前一页画的是同一个地方，我再画一次，为的是让你看清楚。这儿就是小王子出现、同时也是

他最后消失的地方。

仔细地看这幅画，如果有一天到非洲旅行，你可以在沙漠中，再次认出这个地方。如果你刚好经过那儿，请你不要匆匆走过，在这颗星星底下等待一会儿。如果出现了一个笑着的小人儿走向你，如果他有着一头金发，而且从不回答问题，你将会知道他是谁。然后，如果你心地善良，就不要让我活在悲惨之中！请立刻写信告诉我，告诉我：他回来了。

To Leon Werth

I ask the indulgence of the children who may read this book for dedicating it to a grown-up. I have a serious reason: he is the best friend I have in the world. I have another reason: this grown-up understands everything, even books about children. I have a third reason: he lives in France where he is hungry and cold. He needs cheering up. If all these reasons are not enough, I will dedicate the book to the child from whom this grown-up grew. All grown-ups were once children— although few of them remember it. And so I correct my dedication:

To Leon Werth when he was a little boy

Once when I was six years old I saw a magnificent picture in a book, called True Stories from Nature, about the primeval forest. It was a picture of a boa constrictor in the act of swallowing an animal. Here is a copy of the drawing.

In the book it said: "Boa constrictors swallow their prey whole, without chewing it. After that they are not able to move, and they sleep through the six months that they need for digestion."

I pondered deeply, then, over the adventures of the jungle. And after some work with a colored pencil I succeeded in making my first drawing. My Drawing Number One. It looked like this:

I showed my masterpiece to the grown-ups, and asked them whether the drawing frightened them.

But they answered: "Frighten? Why should any one be frightened by a hat?"

My drawing was not a picture of a hat. It was a picture of a boa constrictor digesting an elephant. But since the grown-ups were not able to understand it, I made another drawing: I drew the inside of the boa constrictor, so that the grown-ups could see it clearly. They always need to have things explained. My Drawing Number Two looked like this:

The grown-ups' response, this time, was to advise me to lay aside my drawings of boa constrictors, whether from the inside or the outside, and devote myself instead to geography, history, arithmetic and grammar. That is why, at the age of six, I gave up what might have been a magnificent career as a painter. I had been disheartened by the failure of my Drawing Number One and my Drawing Number Two. Grown-ups never understand anything by themselves, and it is tiresome for children to be always and forever explaining things to them.

So then I chose another profession, and learned to pilot airplanes. I have flown a little over all parts of the world; and it is true that geography has been very useful to me. At a glance I can distinguish China from Arizona. If one gets lost in the night, such knowledge is valuable.

In the course of this life I have had a great many encounters with a great many people who have been concerned with matters of consequence. I have lived a great deal among grown-ups. I have seen them intimately, close at hand. And that hasn't much improved my opinion of them.

Whenever I met one of them who seemed to me at all clear-sighted, I tried the experiment of showing him my Drawing Number One, which I have always kept. I would try to find out, so, if this was a person of true understanding. But, whoever it was, he, or she, would always say:

"That is a hat."

Then I would never talk to that person about boa constrictors, or primeval forests, or stars. I would bring myself down to his level. I would talk to him about bridge, and golf, and politics, and neckties. And the grown-up would be greatly pleased to have met such a sensible man.

So I lived my life alone, without anyone that I could really talk to, until I had an accident with my plane in the Desert of Sahara, six years ago. Something was broken in my engine. And as I had with me neither a mechanic nor any passengers, I set myself to attempt the difficult repairs all alone. It was a question of life or death for me: I had scarcely enough drinking water to last a week.

The first night, then, I went to sleep on the sand, a thousand miles from any human habitation. I was more isolated than a shipwrecked sailor on a raft in the middle of the ocean. Thus you can imagine my amazement, at sunrise, when I was awakened by an odd little voice. It said:

"If you please— draw me a sheep!"

"What!"

"Draw me a sheep!"

I jumped to my feet, completely thunderstruck. I blinked my eyes hard. I looked carefully all around me. And I saw a most extraordinary small person, who stood there examining me with great seriousness. Here you may see the best potrait that, later, I was able to make of him. But my drawing is certainly very much less charming than its model.

That, however, is not my fault. The grown-ups discouraged me in my painter's career when I was six years old, and I never learned to draw anything, except boas from the outside and boas from the inside.

Now I stared at this sudden apparition with my eyes fairly starting out of my head in astonishment. Remember, I had crashed in the desert a thousand miles from any inhabited region. And yet my little man seemed neither to be straying uncertainly among the sands, nor to be fainting from fatigue or hunger or thirst or fear. Nothing about him gave any suggestion of a child lost in the middle of the desert, a thousand miles from any human habitation. When at last I was able to speak, I said to him:

"But— what are you doing here?"

And in answer he repeated, very slowly, as if he were speaking of a matter of great consequence: "If you please— draw me a sheep..."

When a mystery is too overpowering, one dare not disobey. Absurd as it might seem to me, a thousand miles from any human habitation and in danger of death, I took out of my pocket a sheet of paper and my fountain-pen. But then I remembered how my studies had been concentrated on geography, history, arithmetic, and grammar, and I told the little chap (a little crossly, too) that I did not know how to draw. He answered me:

"That doesn't matter. Draw me a sheep..."

But I had never drawn a sheep. So I drew for him one of the two pictures I had drawn so often. It was that of the boa constrictor from the outside. And I was astounded to hear the little fellow greet it, with

"No, no, no! I do not want an elephant inside a boa constrictor. A boa constrictor is a very dangerous creature, and an elephant is very cumbersome. Where I live, everything is very small. What I need is a sheep. Draw me a sheep."

So then I made a drawing.

He looked at it carefully, then he said:

"No. This sheep is already very sickly. Make me another."

So I made another drawing.

My friend smiled gently and indulgenty.

"You see yourself," he said, "that this is not a sheep. This is a ram. It has horns."

So then I did my drawing over once more.

But it was rejected too, just like the others.

"This one is too old. I want a sheep that will live a long time."

By this time my patience was exhausted, because I was in a hurry to start taking my engine apart. So I tossed off this drawing.

And I threw out an explanation with it.

"This is only his box. The sheep you asked for is inside."

I was very surprised to see a light break over the face of my young judge:

"That is exactly the way I wanted it! Do you think that this sheep will have to have a great deal of grass?"

"Why?"

"Because where I live everything is very small..."

"There will surely be enough grass for him," I said. "It is a very small sheep that I have given you."

He bent his head over the drawing:

"Not so small that— Look! He has gone to sleep..."

And that is how I made the acquaintance of the little prince.

It took me a long time to learn where he came from. The little prince, who asked me so many questions, never seemed to hear the ones I asked him. It was from words dropped by chance that, little by little, everything was revealed to me.

The first time he saw my airplane, for instance (I shall not draw my airplane; that would be much too complicated for me), he asked me:

"What is that object?"

"That is not an object. It flies. It is an airplane. It is my airplane."

And I was proud to have him learn that I could fly.

He cried out, then:

"What! You dropped down from the sky?"

"Yes," I answered, modestly.

"Oh! That is funny!"

And the little prince broke into a lovely peal of laughter, which irritated me very much. I like my misfortunes to be taken seriously.

Then he added:

"So you, too, come from the sky! Which is your planet?"

At that moment I caught a gleam of light in the impenetrable mystery of his presence; and I demanded, abruptly:

"Do you come from another planet?"

But he did not reply. He tossed his head gently, without taking his eyes from my plane:

"It is true that on that you can't have come from very far away..."

And he sank into a reverie, which lasted a long time. Then, taking my sheep out of his pocket, he buried himself in the contemplation of his treasure.

You can imagine how my curiosity was aroused by this half-confidence about the "other planets." I made a great effort, therefore, to find out more on this subject.

"My little man, where do you come from? What is this 'where I live,' of which you speak? Where do you want to take your sheep?"

After a reflective silence he answered:

"The thing that is so good about the box you have given me is that at night he can use it as his house."

"That is so. And if you are good I will give you a string, too, so that you can tie him during the day, and a post to tie him to."

But the little prince seemed shocked by this offer:

"Tie him! What a queer idea!"

"But if you don't tie him," I said, "he will wander off somewhere, and get lost."

My friend broke into another peal of laughter:

"But where do you think he would go?"

"Anywhere. Straight ahead of him."

Then the little prince said, earnestly:

"That doesn't matter. Where I live, everything is so small!"

And, with perhaps a hint of sadness, he added:

"Straight ahead of him, nobody can go very far..."

I had thus learned a second fact of great importance: this was that the planet the little prince came from was scarcely any larger than a house!

But that did not really surprise me much. I knew very well that in addition to the great planets— such as the Earth, Jupiter, Mars, Venus— to which we have given names, there are also hundreds of others, some of which are so small that one has a hard time seeing them through the telescope. When an astronomer discovers one of these he does not give it a name, but only a number. He might call it, for example, "Asteroid 325."

I have serious reason to believe that the planet from which the little prince came is the asteroid known as B-612.

This asteroid has only once been seen through the telescope. That was by a Turkish astronomer, in 1909.

On making his discovery, the astronomer had presented it to the International Astronomical Congress, in a great demonstration. But he was in Turkish costume, and so nobody would believe what he said.

Grown-ups are like that...

Fortunately, however, for the reputation of Asteroid B-612, a Turkish dictator made a law that his subjects, under pain of death, should change to European costume. So in 1920 the astronomer gave his demonstration all over again, dressed with impressive style and elegance. And this time everybody accepted his report.

If I have told you these details about the asteroid, and made a note of its number for you, it is on account of the grown-ups and their ways. When you tell them that you have made a new friend, they never ask you any questions about essential matters. They never say to you, "What does his voice sound like? What games does he love best? Does he collect butterflies?" Instead, they demand: "How old is he? How many brothers has he? How much does he weigh? How much money does his father make?" Only from these figures do they think they have learned anything about him.

If you were to say to the grown-ups: "I saw a beautiful house made of rose brick, with geraniums in the windows and doves on the roof," they would not be able to get any idea of that house at all. You would have to say to them: "I saw a house that cost $20,000." Then they would exclaim: "Oh, what a pretty house that is!"

Just so, you might say to them: "The proof that the little prince existed is that he was charming, that he laughed, and that he was looking for a sheep. If anybody wants a sheep, that is a proof that he exists." And what good would it do to tell them that? They would shrug their shoulders, and treat you like a child. But if you said to them: "The planet he came from is Asteroid B-612," then they would be convinced, and leave you in peace from their questions.

They are like that. One must not hold it against them. Children should always show great forbearance toward grown-up people.

But certainly, for us who understand life, figures are a matter of indifference. I should have liked to begin this story in the fashion of the fairy-tales. I should have like to say: "Once upon a time there was a little prince who lived on a planet that was scarcely any bigger than himself, and who had need of a sheep...”

To those who understand life, that would have given a much greater air of truth to my story.

For I do not want any one to read my book carelessly. I have suffered too much grief in setting down these memories. Six years have already passed since my friend went away from me, with his sheep. If I try to describe him here, it is to make sure that I shall not forget him. To forget a friend is sad. Not every one has had a friend. And if I forget him, I may become like the grown-ups who are no longer interested in anything but figures...

It is for that purpose, again, that I have bought a box of paints and some pencils. It is hard to take up drawing again at my age, when I have never made any pictures except those of the boa constrictor from the outside and the boa constrictor from the inside, since I was six. I shall certainly try to make my portraits as true to life as possible. But I am not at all sure of success. One drawing goes along all right, and another has no resemblance to its subject. I make some errors, too, in the little prince’s height: in one place he is too tall and in another too short. And I feel some doubts about the color of his costume. So I fumble along as best I can, now good, now bad, and I hope generally fair-to-middling.

In certain more important details I shall make mistakes, also. But that is something that will not be my fault. My friend never explained anything to me. He thought, perhaps, that I was like himself. But I, alas, do not know how to see sheep through the walls of boxes. Perhaps I am a little like the grown-ups. I have had to grow old.

As each day passed I would learn, in our talk, something about the little prince's planet, his departure from it, his journey. The information would come very slowly, as it might chance to fall from his thoughts. It was in this way that I heard, on the third day, about the catastrophe of the baobabs.

This time, once more, I had the sheep to thank for it. For the little prince asked me abruptly— as if seized by a grave doubt— "It is true, isn't it, that sheep eat little bushes?"

"Yes, that is true."

"Ah! I am glad!"

I did not understand why it was so important that sheep should eat little bushes. But the little prince added:

"Then it follows that they also eat baobabs?"

I pointed out to the little prince that baobabs were not little bushes, but, on the contrary, trees as big as castles; and that even if he took a whole herd of elephants away with him, the herd would not eat up one single baobab.

The idea of the herd of elephants made the little prince laugh.

"We would have to put them one on top of the other," he said.

But he made a wise comment:

"Before they grow so big, the baobabs start out by being little."

"That is strictly correct," I said. "But why do you want the sheep to eat the little baobabs?"

He answered me at once, "Oh, come, come!", as if he were speaking of something that was self-evident. And I was obliged to make a great mental effort to solve this problem, without any assistance.

Indeed, as I learned, there were on the planet where the little prince lived— as on all planets— good plants and bad plants. In consequence, there were good seeds from good plants, and bad seeds from bad plants. But seeds are invisible. They sleep deep in the heart of the earth's darkness, until some one among them is seized with the desire to awaken. Then this little seed will stretch itself and begin— timidly at first— to push a charming little sprig inoffensively upward toward the sun. If it is only a sprout of radish or the sprig of a rose-bush, one would let it grow wherever it might wish. But when it is a bad plant, one must destroy it as soon as possible, the very first instant that one recognizes it.

Now there were some terrible seeds on the planet that was the home of the little prince; and these were the seeds of the baobab. The soil of that planet was infested with them. A baobab is something you will never, never be able to get rid of if you attend to it too late. It spreads over the entire planet. It bores clear through it with its roots. And if the planet is too small, and the baobabs are too many, they split it in pieces...

"It is a question of discipline," the little prince said to me later on. "When you've finished your own toilet in the morning, then it is time to attend to the toilet of your planet, just so, with the greatest care. You must see to it that you pull up regularly all the baobabs, at the very first moment when they can be distinguished from the rosebushes which they resemble so closely in their earliest youth. It is very tedious work," the little prince added, "but very easy."

And one day he said to me: "You ought to make a beautiful drawing, so that the children where you live can see exactly how all this is. That would be very useful to them if they were to travel some day. Sometimes," he added, "there is no harm in putting off a piece of work until another day. But when it is a matter of baobabs, that always means a catastrophe. I knew a planet that was inhabited by a lazy man. He neglected three little bushes..."

So, as the little prince described it to me, I have made a drawing of that planet. I do not much like to take the tone of a moralist. But the danger of the baobabs is so little understood, and such considerable risks would be run by anyone who might get lost on an asteroid, that for once I am breaking through my reserve. "Children," I say plainly, "watch out for the baobabs!"

My friends, like myself, have been skirting this danger for a long time, without ever knowing it; and so it is for them that I have worked so hard over this drawing. The lesson which I pass on by this means is worth all the trouble it has cost me.

Perhaps you will ask me, "Why are there no other drawing in this book as magnificent and impressive as this drawing of the baobabs?"

The reply is simple. I have tried. But with the others I have not been successful. When I made the drawing of the baobabs I was carried beyond myself by the inspiring force of urgent necessity.

6

Oh, little prince! Bit by bit I came to understand the secrets of your sad little life... For a long time you had found your only entertainment in the quiet pleasure of looking at the sunset. I learned that new detail on the morning of the fourth day, when you said to me:

"I am very fond of sunsets. Come, let us go look at a sunset now."

"But we must wait," I said.

"Wait? For what?"

"For the sunset. We must wait until it is time."

At first you seemed to be very much surprised. And then you laughed to yourself. You said to me:

"I am always thinking that I am at home!"

Just so. Everybody knows that when it is noon in the United States the sun is setting over France.

If you could fly to France in one minute, you could go straight into the sunset, right from noon. Unfortunately, France is too far away for that. But on your tiny planet, my little prince, all you need do is move your chair a few steps. You can see the day end and the twilight falling whenever you like...

"One day," you said to me, "I saw the sunset forty-four times!"

And a little later you added:

"You know— one loves the sunset, when one is so sad..."

"Were you so sad, then?" I asked, "on the day of the forty-four sunsets?"

But the little prince made no reply.

7

On the fifth day— again, as always, it was thanks to the sheep— the secret of the little prince's life was revealed to me. Abruptly, without anything to lead up to it, and as if the question had been born of long and silent meditation on his problem, he demanded:

"A sheep— if it eats little bushes, does it eat flowers, too?"

"A sheep," I answered, "eats anything it finds in its reach."

"Even flowers that have thorns?"

"Yes, even flowers that have thorns."

"Then the thorns— what use are they?"

I did not know. At that moment I was very busy trying to unscrew a bolt that had got stuck in my engine. I was very much worried, for it was becoming clear to me that the breakdown of my plane was extremely serious. And I had so little drinking-water left that I had to fear for the worst.

"The thorns— what use are they?"

The little prince never let go of a question, once he had asked it. As for me, I was upset over that bolt. And I answered with the first thing that came into my head:

"The thorns are of no use at all. Flowers have thorns just for spite!"

"Oh!"

There was a moment of complete silence. Then the little prince flashed back at me, with a kind of resentfulness:

"I don't believe you! Flowers are weak creatures. They are native. They reassure themselves as best they can. They believe that their thorns are terrible weapons..."

I did not answer. At that instant I was saying to myself: "If this bolt still won't turn, I am going to knock it out with the hammer." Again the little prince disturbed my thoughts.

"And you actually believe that the flowers—"

"Oh, no!" I cried. "No, no no! I don't believe anything. I answered you with the first thing that came into my head. Don't you see— I am very busy with matters of consequence!"

He stared at me, thunderstruck.

"Matters of consequence!"

He looked at me there, with my hammer in my hand, my fingers black with engine-grease, bending down over an object which seemed to him extremely ugly...

"You talk just like the grown-ups!"

That made me a little ashamed. But he went on, relentlessly:

"You mix everything up together... You confuse everything..."

He was really very angry. He tossed his golden curls in the breeze.

"I know a planet where there is a certain red-faced gentleman. He has never smelled a flower. He has never looked at a star. He has never loved any one. He has never done anything in his life but add up figures. And all day he says over and over, just like you: 'I am busy with matters of consequence!' And that makes him swell up with pride. But he is not a man— he is a mushroom!"

"A what?"

"A mushroom!"

The little prince was now white with rage.

"The flowers have been growing thorns for millions of

years. For millions of years the sheep have been eating them just the same. And is it not a matter of consequence to try to understand why the flowers go to so much trouble to grow thorns which are never of any use to them? Is the warfare between the sheep and the flowers not important? Is this not of more consequence than a fat red-faced gentleman's sums? And if I know— I, myself— one flower which is unique in the world, which grows nowhere but on my planet, but which one little sheep can destroy in a single bite some morning, without even noticing what he is doing— Oh! You think that is not important!"

His face turned from white to red as he continued:

"If some one loves a flower, of which just one single blossom grows in all the millions and millions of stars, it is enough to make him happy just to look at the stars. He can say to himself, 'Somewhere, my flower is there...' But if the sheep eats the flower, in one moment all his stars will be darkened... And you think that is not important!"

He could not say anything more. His words were choked by sobbing.

The night had fallen. I had let my tools drop from my hands. Of what moment now was my hammer, my bolt, or thirst, or death? On one star, one planet, my planet, the Earth, there was a little prince to be comforted. I took him in my arms, and rocked him. I said to him:

"The flower that you love is not in danger. I will draw you

a muzzle for your sheep. I will draw you a railing to put around your flower. I will—"

I did not know what to say to him. I felt awkward and blundering. I did not know how I could reach him, where I could overtake him and go on hand in hand with him once more.

It is such a secret place, the land of tears.

I soon learned to know this flower better. On the little prince's planet the flowers had always been very simple. They had only one ring of petals; they took up no room at all; they were a trouble to nobody. One morning they would appear in the grass, and by night they would have faded peacefully away. But one day, from a seed blown from no one knew where, a new flower had come up; and the little prince had watched very closely over this small sprout which was not like any other small sprouts on his planet. It might, you see, have been a new kind of baobab.

The shrub soon stopped growing, and began to get ready to produce a flower. The little prince, who was present at the first appearance of a huge bud, felt at once that some sort of miraculous apparition must emerge from it. But the flower was not satisfied to complete the preparations for her beauty in the shelter of her green chamber. She chose her colours with the greatest care. She adjusted her petals one by one. She did not wish to go out into the world all rumpled, like the field poppies. It was only in the full radiance of her beauty that she wished to appear. Oh, yes! She was a coquettish creature! And her mysterious adornment lasted for days and days.

Then one morning, exactly at sunrise, she suddenly showed herself.

And, after working with all this painstaking precision, she yawned and said:

"Ah! I am scarcely awake. I beg that you will excuse me. My petals are still all disarranged..."

But the little prince could not restrain his admiration:

"Oh! How beautiful you are!"

"Am I not?" the flower responded, sweetly. "And I was born at the same moment as the sun..."

The little prince could guess easily enough that she was not any too modest— but how moving— and exciting— she was!

"I think it is time for breakfast," she added an instant later. "If you would have the kindness to think of my needs—"

And the little prince, completely abashed, went to look for a sprinkling-can of fresh water. So, he tended the flower.

So, too, she began very quickly to torment him with her vanity— which was, if the truth be known, a little difficult to deal with. One day, for instance, when she was speaking of her four thorns, she said to the little prince:

"Let the tigers come with their claws!"

"There are no tigers on my planet," the little prince objected. "And, anyway, tigers do not eat weeds."

"I am not a weed," the flower replied, sweetly.

"Please excuse me..."

"I am not at all afraid of tigers," she went on, "but I have a horror of drafts. I suppose you wouldn't have a screen for me?"

"A horror of drafts— that is bad luck, for a plant," remarked the little prince, and added to himself, "This flower is a very complex creature..."

"At night I want you to put me under a glass globe. It is very cold where you live. In the place I came from—"

But she interrupted herself at that point. She had come in the form of a seed. She could not have known anything of any other worlds. Embarassed over having let herself be caught on the verge of such a native untruth, she coughed two or three times, in order to put the little prince in the wrong.

"The screen?"

"I was just going to look for it when you spoke to me..."

Then she forced her cough a little more so that he should suffer from remorse just the same.

So the little prince, in spite of all the good will that was inseparable from his love, had soon come to doubt her. He had taken seriously words which were without importance, and it made him very unhappy.

"I ought not to have listened to her," he confided to me one day. "One never ought to listen to the flowers. One should simply look at them and breathe their fragrance. Mine perfumed all my planet. But I did not know how to take pleasure in all her grace. This tale of claws, which disturbed me so much, should only have filled my heart with tenderness and pity."

And he continued his confidences:

"The fact is that I did not know how to understand anything! I ought to have judged by deeds and not by words. She cast her fragrance and her radiance over me. I ought never to have run away from her... I ought to have guessed all the affection that lay behind her poor little stratagems. Flowers are so inconsistent! But I was too young to know how to love her..."

I believe that for his escape he took advantage of the migration of a flock of wild birds. On the morning of his departure he put his planet in perfect order. He carefully cleaned out his active volcanoes. He possessed two active volcanoes; and they were very convenient for heating his breakfast in the morning. He also had one volcano that was extinct. But, as he said, "One never knows!" So he cleaned out the extinct volcano, too. If they are well cleaned out, volcanoes burn slowly and steadily, without any eruptions. Volcanic eruptions are like fires in a chimney.

On our earth we are obviously much too small to clean out

our volcanoes. That is why they bring no end of trouble upon us.

The little prince also pulled up, with a certain sense of dejection, the last little shoots of the baobabs. He believed that he would never want to return. But on this last morning all these familiar tasks seemed very precious to him. And when he watered the flower for the last time, and prepared to place her under the shelter of her glass globe, he realised that he was very close to tears.

"Goodbye," he said to the flower.

But she made no answer.

"Goodbye," he said again.

The flower coughed. But it was not because she had a cold.

"I have been silly," she said to him, at last. "I ask your forgiveness. Try to be happy..."

He was surprised by this absence of reproaches. He stood there all bewildered, the glass globe held arrested in mid-air. He did not understand this quiet sweetness.

"Of course I love you," the flower said to him. "It is my fault that you have not known it all the while. That is of no importance. But you— you have been just as foolish as I. Try to be happy... let the glass globe be. I don't want it any more."

"But the wind—"

"My cold is not so bad as all that... the cool night air will do me good. I am a flower."

"But the animals—"

"Well, I must endure the presence of two or three

caterpillars if I wish to become acquainted with the butterflies. It seems that they are very beautiful. And if not the butterflies—and the caterpillars— who will call upon me? You will be far away... as for the large animals— I am not at all afraid of any of them. I have my claws."

And, natively, she showed her four thorns. Then she added:

"Don't linger like this. You have decided to go away. Now go!"

For she did not want him to see her crying. She was such a proud flower...

10

He found himself in the neighborhood of the asteroids 325, 326, 327, 328, 329, and 330. He began, therefore, by visiting them, in order to add to his knowledge.

The first of them was inhabited by a king. Clad in royal purple and ermine, he was seated upon a throne which was at the same time both simple and majestic.

"Ah! Here is a subject," exclaimed the king, when he saw the little prince coming.

And the little prince asked himself:

"How could he recognize me when he had never seen me before?"

He did not know how the world is simplified for kings. To them, all men are subjects.

"Approach, so that I may see you better," said the king, who felt consumingly proud of being at last a king over somebody.

The little prince looked everywhere to find a place to sit down; but the entire planet was crammed and obstructed by the king's magnificent ermine robe. So he remained standing upright, and, since he was tired, he yawned.

"It is contrary to etiquette to yawn in the presence of a king," the monarch said to him. "I forbid you to do so."

"I can't help it. I can't stop myself," replied the little prince, thoroughly embarrassed. "I have come on a long journey, and I have had no sleep..."

"Ah, then," the king said. "I order you to yawn. It is years since I have seen anyone yawning. Yawns, to me, are objects of curiosity. Come, now! Yawn again! It is an order."

"That frightens me... I cannot, any more..." murmured the little prince, now completely abashed.

"Hum! Hum!" replied the king. "Then I— I order you sometimes to yawn and sometimes to—"

He sputtered a little, and seemed vexed.

For what the king fundamentally insisted upon was that his authority should be respected. He tolerated no disobedience. He was an absolute monarch. But, because he was a very good man, he made his orders reasonable.

"If I ordered a general," he would say, by way of example, "if I ordered a general to change himself into a sea bird, and if the general did not obey me, that would not be the fault of the general. It would be my fault."

"May I sit down?" came now a timid inquiry from the little prince.

"I order you to do so," the king answered him, and majestically gathered in a fold of his ermine mantle.

But the little prince was wondering... The planet was tiny. Over what could this king really rule?

"Sire," he said to him, "I beg that you will excuse my asking you a question—"

"I order you to ask me a question," the king hastened to assure him.

"Sire— over what do you rule?"

"Over everything," said the king, with magnificent simplicity.

"Over everything?"

The king made a gesture, which took in his planet, the other planets, and all the stars.

"Over all that?" asked the little prince.

"Over all that," the king answered.

For his rule was not only absolute: it was also universal.

"And the stars obey you?"

"Certainly they do," the king said. "They obey instantly. I do not permit insubordination."

Such power was a thing for the little prince to marvel at. If he had been master of such complete authority, he would have been able to watch the sunset, not forty-four times in one day, but seventy-two, or even a hundred, or even two hundred times, with out ever having to move his chair. And because he felt a bit sad as he remembered his little planet which he had forsaken, he plucked up his courage to ask the king a favor:

"I should like to see a sunset... do me that kindness... Order the sun to set..."

"If I ordered a general to fly from one flower to another like a butterfly, or to write a tragic drama, or to change himself into a sea bird, and if the general did not carry out the order that he had received, which one of us would be in the wrong?" the king demanded. "The general, or myself?"

"You," said the little prince firmly.

"Exactly. One much require from each one the duty which each one can perform," the king went on. "Accepted authority rests first of all on reason. If you ordered your people to go and throw themselves into the sea, they would rise up in revolution. I have the right to require obedience because my orders are reasonable."

"Then my sunset?" the little prince reminded him: for he never forgot a question once he had asked it.

"You shall have your sunset. I shall command it. But, according to my science of government, I shall wait until conditions are favorable."

"When will that be?" inquired the little prince.

"Hum! Hum!" replied the king; and before saying anything else he consulted a bulky almanac. "Hum! Hum! That will be about— about— that will be this evening about twenty minutes to eight. And you will see how well I am obeyed."

The little prince yawned. He was regretting his lost sunset. And then, too, he was already beginning to be a little bored.

"I have nothing more to do here," he said to the king. "So I shall set out on my way again."

"Do not go," said the king, who was very proud of having a subject. "Do not go. I will make you a Minister!"

"Minister of what?"

"Minster of— of Justice!"

"But there is nobody here to judge!"

"We do not know that," the king said to him. "I have not yet made a complete tour of my kingdom. I am very old. There is no room here for a carriage. And it tires me to walk."

"Oh, but I have looked already!" said the little prince, turning around to give one more glance to the other side of the planet. On that side, as on this, there was nobody at all...

"Then you shall judge yourself," the king answered. "that is the most difficult thing of all. It is much more difficult to judge oneself than to judge others. If you succeed in judging yourself rightly, then you are indeed a man of true wisdom."

"Yes," said the little prince, "but I can judge myself anywhere. I do not need to live on this planet.

"Hum! Hum!" said the king. "I have good reason to

believe that somewhere on my planet there is an old rat. I hear him at night. You can judge this old rat. From time to time you will condemn him to death. Thus his life will depend on your justice. But you will pardon him on each occasion; for he must be treated thriftily. He is the only one we have."

"I," replied the little prince, "do not like to condemn anyone to death. And now I think I will go on my way."

"No," said the king.

But the little prince, having now completed his preparations for departure, had no wish to grieve the old monarch.

"If Your Majesty wishes to be promptly obeyed," he said, "he should be able to give me a reasonable order. He should be able, for example, to order me to be gone by the end of one minute. It seems to me that conditions are favorable..."

As the king made no answer, the little prince hesitated a moment. Then, with a sigh, he took his leave.

"I made you my Ambassador," the king called out, hastily.

He had a magnificent air of authority.

"The grown-ups are very strange," the little prince said to himself, as he continued on his journey.

The second planet was inhabited by a conceited man.

"Ah! Ah! I am about to receive a visit from

an admirer!" he exclaimed from afar, when he first saw the little prince coming.

For, to conceited men, all other men are admirers.

"Good morning," said the little prince. "That is a queer hat you are wearing."

"It is a hat for salutes," the conceited man replied. "It is to raise in salute when people acclaim me. Unfortunately, nobody at all ever passes this way."

"Yes?" said the little prince, who did not understand what the conceited man was talking about.

"Clap your hands, one against the other," the conceited man now directed him.

The little prince clapped his hands. The conceited man raised his hat in a modest salute.

"This is more entertaining than the visit to the king," the little prince said to himself. And he began again to clap his hands, one against the other. The conceited man against raised his hat in salute.

After five minutes of this exercise the little prince grew tired of the game's monotony.

"And what should one do to make the hat come down?" he asked.

But the conceited man did not hear him. Conceited people never hear anything but praise.

"Do you really admire me very much?" he demanded of the little prince.

"What does that mean— 'admire'?"

"To admire mean that you regard me as the handsomest, the best-dressed, the richest, and the most intelligent man on this planet."

"But you are the only man on your planet!"

"Do me this kindness. Admire me just the same."

"I admire you," said the little prince, shrugging his shoulders slightly, "but what is there in that to interest you so much?"

And the little prince went away.

"The grown-ups are certainly very odd," he said to himself, as he continued on his journey.

12

The next planet was inhabited by a tippler. This was a very short visit, but it plunged the little prince into deep dejection.

"What are you doing there?" he said to the tippler, whom he found settled down in silence before a collection of empty bottles and also a collection of full bottles.

"I am drinking," replied the tippler, with a lugubrious air.

"Why are you drinking?" demanded the little prince.

"So that I may forget," replied the tippler.

"Forget what?" inquired the little prince, who already was sorry for him.

"Forget that I am ashamed," the tippler confessed, hanging his head.

"Ashamed of what?" insisted the little prince, who wanted to help him.

"Ashamed of drinking!" The tippler brought his speech to an end, and shut himself up in an impregnable silence.

And the little prince went away, puzzled.

"The grown-ups are certainly very, very odd," he said to himself, as he continued on his journey.

13

The fourth planet belonged to a businessman. This man was so much occupied that he did not even raise his head at the little prince's arrival.

"Good morning," the little prince said to him. "Your cigarette has gone out."

"Three and two make five. Five and seven make twelve. Twelve and three make fifteen. Good morning. Fifteen and seven make twenty-two. Twenty-two and six make twenty-eight. I haven't time to light it again. Twenty-six and five make thirty-one. Phew! Then that makes five-hundred-and-one-million, six-hundred-twenty-two-thousand, seven-hundred-thirty-one."

"Five hundred million what?" asked the little prince.

"Eh? Are you still there? Five-hundred-and-one million—I can't stop... I have so much to do! I am concerned with matters of consequence. I don't amuse myself with balderdash. Two and five make seven..."

"Five-hundred-and-one million what?" repeated the little prince, who never in his life had let go of a question once he had asked it.

The businessman raised his head.

"During the fifty-four years that I have inhabited this planet, I have been disturbed only three times. The first time was twenty-two years ago, when some giddy goose fell from goodness knows where. He made the most frightful noise that resounded all over the place, and I made four mistakes in my addition. The second time, eleven years ago, I was disturbed by an attack of rheumatism. I don't get enough exercise. I have no time for loafing. The third time— well, this is it! I was saying, then, five -hundred-and-one millions—"

"Millions of what?"

The businessman suddenly realized that there was no hope of being left in peace until he answered this question.

"Millions of those little objects," he said, "which one sometimes sees in the sky."

"Flies?"

"Oh, no. Little glittering objects."

"Bees?"

"Oh, no. Little golden objects that set lazy men to idle dreaming. As for me, I am concerned with matters of consequence. There is no time for idle dreaming in my life."

"Ah! You mean the stars?"

"Yes, that's it. The stars."

"And what do you do with five-hundred millions of stars?"

"Five-hundred-and-one million, six-hundred-twenty-two thousand, seven-hundred-thirty-one. I am concerned with matters of consequence: I am accurate."

"And what do you do with these stars?"

"What do I do with them?"

"Yes."

"Nothing. I own them."

"You own the stars?"

"Yes."

"But I have already seen a king who—"

"Kings do not own, they reign over. It is a very different matter."

"And what good does it do you to own the stars?"

"It does me the good of making me rich."

"And what good does it do you to be rich?"

"It makes it possible for me to buy more stars, if any are ever discovered."

"This man," the little prince said to himself, "reasons a little like my poor tippler..."

Nevertheless, he still had some more questions.

"How is it possible for one to own the stars?"

"To whom do they belong?" the businessman retorted, peevishly.

"I don't know. To nobody."

"Then they belong to me, because I was the first person to think of it."

"Is that all that is necessary?"

"Certainly. When you find a diamond that belongs to nobody, it is yours. When you discover an island that belongs to nobody, it is yours. When you get an idea before any one else, you take out a patent on it: it is yours. So with me: I own the stars, because nobody else before me ever thought of owning them."

"Yes, that is true," said the little prince. "And what do you do with them?"

"I administer them," replied the businessman. "I count them and recount them. It is difficult. But I am a man who is naturally interested in matters of consequence."

The little prince was still not satisfied.

"If I owned a silk scarf," he said, "I could put it around my neck and take it away with me. If I owned a flower, I could pluck that flower and take it away with me. But you cannot pluck the stars from heaven..."

"No. But I can put them in the bank."

"Whatever does that mean?"

"That means that I write the number of my stars on a little paper. And then I put this paper in a drawer and lock it with a key."

"And that is all?"

"That is enough," said the businessman.

"It is entertaining," thought the little prince. "It is rather poetic. But it is of no great consequence."

On matters of consequence, the little prince had ideas which were very different from those of the grown-ups.

"I myself own a flower," he continued his conversation with the businessman, "which I water every day. I own three volcanoes, which I clean out every week (for I also clean out the one that is extinct; one never knows). It is of some use to my volcanoes, and it is of some use to my flower, that I own them. But you are of no use to the stars..."

The businessman opened his mouth, but he found nothing to say in answer. And the little prince went away.

"The grown-ups are certainly altogether extraordinary," he said simply, talking to himself as he continued on his journey.

14

The fifth planet was very strange. It was the smallest of all. There was just enough room on it for a street lamp and a lamplighter. The little prince was not able to reach any explanation of the use of a street lamp and a lamplighter, somewhere in the heavens, on a planet which had no people, and not one house. But he said to himself, nevertheless:

"It may well be that this man is absurd. But he is not so

absurd as the king, the conceited man, the businessman, and the tippler. For at least his work has some meaning. When he lights his street lamp, it is as if he brought one more star to life, or one flower. When he puts out his lamp, he sends the flower, or the star, to sleep. That is a beautiful occupation. And since it is beautiful, it is truly useful."

When he arrived on the planet he respectfully saluted the lamplighter.

"Good morning. Why have you just put out your lamp?"

"Those are the orders," replied the lamplighter. "Good morning."

"What are the orders?"

"The orders are that I put out my lamp. Good evening."

And he lighted his lamp again.

"But why have you just lighted it again?"

"Those are the orders," replied the lamplighter.

"I do not understand," said the little prince.

"There is nothing to understand," said the lamplighter. "Orders are orders. Good morning."

And he put out his lamp.

Then he mopped his forehead with a handkerchief decorated with red squares.

"I follow a terrible profession. In the old days it was reasonable. I put the lamp out in the morning, and in the evening I lighted it again. I had the rest of the day for relaxation and the rest of the night for sleep."

"And the orders have been changed since that time?"

"The orders have not been changed," said the lamplighter. "That is the tragedy! From year to year the planet has turned more rapidly and the orders have not been changed!"

"Then what?" asked the little prince.

"Then— the planet now makes a complete turn every minute, and I no longer have a single second for repose. Once every minute I have to light my lamp and put it out!"

"That is very funny! A day lasts only one minute, here where you live!"

"It is not funny at all!" said the lamplighter. "While we have been talking together a month has gone by."

"A month?"

"Yes, a month. Thirty minutes. Thirty days. Good evening."

And he lighted his lamp again.

As the little prince watched him, he felt that he loved this lamplighter who was so faithful to his orders. He remembered the sunsets which he himself had gone to seek, in other days, merely by pulling up his chair; and he wanted to help his friend.

"You know," he said, "I can tell you a way you can rest whenever you want to..."

"I always want to rest," said the lamplighter.

For it is possible for a man to be faithful and lazy at the same time.

The little prince went on with his explanation:

"Your planet is so small that three strides will take you all the way around it. To be always in the sunshine, you need only walk along rather slowly. When you want to rest, you will walk— and the day will last as long as you like."

"That doesn't do me much good," said the lamplighter. "The one thing I love in life is to sleep."

"Then you're unlucky," said the little prince.

"I am unlucky," said the lamplighter. "Good morning."

And he put out his lamp.

"That man," said the little prince to himself, as he continued farther on his journey, "that man would be scorned by all the others: by the king, by the conceited man, by the tippler, by the businessman. Nevertheless he is the only one of them all who does not seem to me ridiculous. Perhaps that is because he is thinking of something else besides himself."

He breathed a sigh of regret, and said to himself, again:

"That man is the only one of them all whom I could have made my friend. But his planet is indeed too small. There is no room on it for two people..."

What the little prince did not dare confess was that he was sorry most of all to leave this planet, because it was blest every day with 1440 sunsets!

15

The sixth planet was ten times larger than the last one. It was inhabited by an old gentleman who wrote voluminous books.

"Oh, look! Here is an explorer!" he exclaimed to himself when he saw the little prince coming.

The little prince sat down on the table and panted a little. He had already traveled so much and so far!

"Where do you come from?" the old gentleman said to him.

"What is that big book?" said the little prince. "What are you doing?"

"I am a geographer," the old gentleman said to him.

"What is a geographer?" asked the little prince.

"A geographer is a scholar who knows the location of all the seas, rivers, towns, mountains, and deserts."

"That is very interesting," said the little prince. "Here at last is a man who has a real profession!" And he cast a look around him at the planet of the geographer. It was the most magnificent and stately planet that he had ever seen.

"Your planet is very beautiful," he said. "Has it any oceans?"

"I couldn't tell you," said the geographer.

"Ah!" The little prince was disappointed. "Has it any mountains?"

"I couldn't tell you," said the geographer.

"And towns, and rivers; and deserts?"

"I couldn't tell you that, either."

"But you are a geographer!"

"Exactly," the geographer said. "But I am not an explorer. I haven't a single explorer on my planet. It is not the geographer who goes out to count the towns, the rivers, the mountains, the seas, the oceans, and the deserts. The geographer is much too important to go loafing about. He does not leave his desk. But he receives the explorers in his study. He asks them questions, and he notes down what they recall of their travels. And if the recollections of any one among them seem interesting to him, the geographer orders an inquiry into that explorer's moral character."

"Why is that?"

"Because an explorer who told lies would bring disaster on the books of the geographer. So would an explorer who drank too much."

"Why is that?" asked the little prince.

"Because intoxicated men see double. Then the geographer would note down two mountains in a place where there was only one."

"I know some one," said the little prince, "who would make a bad explorer."

"That is possible. Then, when the moral character of the explorer is shown to be good, an inquiry is ordered into his discovery."

"One goes to see it?"

"No. That would be too complicated. But one requires the explorer to furnish proofs. For example, if the discovery in question is that of a large mountain, one requires that large stones be brought back from it."

The geographer was suddenly stirred to excitement.

"But you— you come from far away! You are an explorer! You shall describe your planet to me!"

And, having opened his big register, the geographer sharpened his pencil. The recitals of explorers are put down first in pencil. One waits until the explorer has furnished proofs, before putting them down in ink.

"Well?" said the geographer expectantly.

"Oh, where I live," said the little prince, "it is not very interesting. It is all so small. I have three volcanoes. Two volcanoes are active and the other is extinct. But one never knows."

"One never knows," said the geographer.

"I have also a flower."

"We do not record flowers," said the geographer.

"Why is that? The flower is the most beautiful thing on my planet!"

"We do not record them," said the geographer, "because they are ephemeral."

"What does that mean— 'ephemeral'?"

"Geographies," said the geographer, "are the books which, of all books, are most concerned with matters of consequence. They never become old-fashioned. It is very rarely that a mountain changes its position. It is very rarely that an ocean empties itself of its waters. We write of eternal things."

"But extinct volcanoes may come to life again," the little prince interrupted. "What does that mean— 'ephemeral'?"

"Whether volcanoes are extinct or alive, it comes to the same thing for us," said the geographer. "The thing that matters to us is the mountain. It does not change."

"But what does that mean— 'ephemeral'?" repeated the little prince, who never in his life had let go of a question, once he had asked it.

"It means, 'which is in danger of speedy disappearance.'"

"Is my flower in danger of speedy disappearance?"

"Certainly it is."

"My flower is ephemeral," the little prince said to himself, "and she has only four thorns to defend herself against the world. And I have left her on my planet, all alone!"

That was his first moment of regret. But he took courage once more.

"What place would you advise me to visit now?" he asked.

"The planet Earth," replied the geographer. "It has a good reputation."

And the little prince went away, thinking of his flower.

16

So then the seventh planet was the Earth.

The Earth is not just an ordinary planet! One can count, there are 111 kings (not forgetting, to be sure, the Negro kings among them), 7000 geographers, 900,000 businessmen, 7,500,000 tipplers, 311,000,000 conceited men—that is to say, about 2,000,000,000 grown-ups.

To give you an idea of the size of the Earth, I will tell you that before the invention of electricity it was necessary to maintain, over the whole of the six continents, a veritable army of 462,511 lamplighters for the street lamps.

Seen from a slight distance, that would make a splendid spectacle. The movements of this army would be regulated like those of the ballet in the opera. First would come the turn of the lamplighters of New Zealand and Australia. Having set their lamps alight, these would go off to sleep. Next, the lamplighters of China and Siberia would enter for their steps in the dance, and then they too would be waved back into the wings. After that would come the turn of the lamplighters of Russia and the India; then those of Africa and Europe, then those of South America; then those of South America; then those of North America. And never would they make a mistake in the order of their entry upon the stage. It would be magnificent.

Only the man who was in charge of the single lamp at the North Pole, and his colleague who was responsible for the single lamp at the South Pole— only these two would live free from toil and care: they would be busy twice a year.

17

When one wishes to play the wit, he

sometimes wanders a little from the truth. I have not been altogether honest in what I have told you about the lamplighters. And I realize that I run the risk of giving a false idea of our planet to those who do not know it. Men occupy a very small place upon the Earth. If the two billion inhabitants who people its surface were all to stand upright and somewhat crowded together, as they do for some big public assembly, they could easily be put into one public square twenty miles long and twenty miles wide. All humanity could be piled up on a small Pacific islet.

The grown-ups, to be sure, will not believe you when you tell them that. They imagine that they fill a great deal of space. They fancy themselves as important as the baobabs. You should advise them, then, to make their own calculations. They adore figures, and that will please them. But do not waste your time on this extra task. It is unnecessary. You have, I know, confidence in me.

When the little prince arrived on the Earth, he was very much surprised not to see any people. He was beginning to be afraid he had come to the wrong planet, when a coil of gold, the color of the moonlight, flashed across the sand.

"Good evening," said the little prince courteously.

"Good evening," said the snake.

"What planet is this on which I have come down?" asked the little prince.

"This is the Earth; this is Africa," the snake answered.

"Ah! Then there are no people on the Earth?"

"This is the desert. There are no people in the desert. The Earth is large," said the snake.

The little prince sat down on a stone, and raised his eyes toward the sky.

"I wonder," he said, "whether the stars are set alight in heaven so that one day each one of us may find his own again... Look at my planet. It is right there above us. But how far away it is!"

"It is beautiful," the snake said. "What has brought you here?"

"I have been having some trouble with a flower," said the little prince.

"Ah!" said the snake.

And they were both silent.

"Where are the men?" the little prince at last took up the conversation again. "It is a little lonely in the desert..."

"It is also lonely among men," the snake said.

The little prince gazed at him for a long time.

"You are a funny animal," he said at last. "You are no thicker than a finger..."

"But I am more powerful than the finger of a king," said the snake.

The little prince smiled.

"You are not very powerful. You haven't even any feet. You cannot even travel..."

"I can carry you farther than any ship could take you," said the snake.

He twined himself around the little prince's ankle, like a golden bracelet.

"Whomever I touch, I send back to the earth from whence he came," the snake spoke again. "But you are innocent and true, and you come from a star..."

The little prince made no reply.

"You move me to pity— you are so weak on this Earth made of granite," the snake said. "I can help you, some day, if you grow too homesick for your own planet. I can—"

"Oh! I understand you very well," said the little prince. "But why do you always speak in riddles?"

"I solve them all," said the snake.

And they were both silent.

18

The little prince crossed the desert and met with only one flower. It was a flower with three petals, a flower of no account at all.

"Good morning," said the little prince.

"Good morning," said the flower.

"Where are the men?" the little prince asked, politely.

The flower had once seen a caravan passing.

"Men?" she echoed. "I think there are six or seven of them in existence. I saw them, several years ago. But one never knows where to find them. The wind blows them away. They have no roots, and that makes their life very difficult."

"Goodbye," said the little prince.

"Goodbye," said the flower.

19

After that, the little prince climbed a high mountain. The only mountains he had ever known were the three volcanoes, which came up to his knees. And he used the extinct volcano as a footstool. "From a mountain as high as this one," he said to himself, "I shall be able to see the whole planet at one glance, and all the people..."

But he saw nothing, save peaks of rock that were sharpened like needles.

"Good morning," he said courteously.

"Good morning—Good morning—Good morning," answered the echo.

"Who are you?" said the little prince.

"Who are you—Who are you—Who are you?" answered the echo.

"Be my friends. I am all alone," he said.

"I am all alone—all alone—all alone," answered the echo.

"What a queer planet!" he thought. "It is altogether dry, and altogether pointed, and altogether harsh and forbidding. And the people have no imagination. They repeat whatever one says to them... On my planet I had a flower; she always was the first to speak..."

20

But it happened that after walking for a long time through sand, and rocks, and snow, the little prince at last came upon a road. And all roads lead to the abodes of men.

"Good morning," he said.

He was standing before a garden, all abloom with roses.

"Good morning," said the roses.

The little prince gazed at them. They all looked like his flower.

"Who are you?" he demanded, thunderstruck.

"We are roses," the roses said.

And he was overcome with sadness. His flower had told him that she was the only one of her kind in all the universe. And here were five thousand of them, all alike, in one single garden!

"She would be very much annoyed," he said to himself, "if she should see that... she would cough most dreadfully, and she would pretend that she was dying, to avoid being laughed at. And I should be obliged to pretend that I was nursing her back to life— for if I did not do that, to humble myself also, she would really allow herself to die..."

Then he went on with his reflections: "I thought that I was rich, with a flower that was unique in all the world; and all I had was a common rose. A common rose, and three volcanoes that come up to my knees— and one of them perhaps extinct forever... that doesn't make me a very great prince..."

And he lay down in the grass and cried.

It was then that the fox appeared.

"Good morning," said the fox.

"Good morning," the little prince responded politely, although when he turned around he saw nothing.

"I am right here," the voice said, "under the apple tree."

"Who are you?" asked the little prince, and added, "You are very pretty to look at."

"I am a fox," said the fox.

"Come and play with me," proposed the little prince. "I am so unhappy."

"I cannot play with you," the fox said. "I am not tamed."

"Ah! Please excuse me," said the little prince.

But, after some thought, he added:

"What does that mean— 'tame'?"

"You do not live here," said the fox. "What is it that you

are looking for?"

"I am looking for men," said the little prince. "What does that mean— 'tame'?"

"Men," said the fox. "They have guns, and they hunt. It is very disturbing. They also raise chickens. These are their only interests. Are you looking for chickens?"

"No," said the little prince. "I am looking for friends. What does that mean— 'tame'?"

"It is an act too often neglected," said the fox. It means to establish ties."

"'To establish ties'?"

"Just that," said the fox. "To me, you are still nothing more than a little boy who is just like a hundred thousand other little boys. And I have no need of you. And you, on your part, have no need of me. To you, I am nothing more than a fox like a hundred thousand other foxes. But if you tame me, then we shall need each other. To me, you will be unique in all the world. To you, I shall be unique in all the world..."

"I am beginning to understand," said the little prince. "There is a flower... I think that she has tamed me..."

"It is possible," said the fox. "On the Earth one sees all sorts of things."

"Oh, but this is not on the Earth!" said the little prince.

The fox seemed perplexed, and very curious.

"On another planet?"

"Yes."

"Are there hunters on this planet?"

"No."

"Ah, that is interesting! Are there chickens?"

"No."

"Nothing is perfect," sighed the fox.

But he came back to his idea.

"My life is very monotonous," the fox said. "I hunt chickens; men hunt me. All the chickens are just alike, and all the men are just alike. And, in consequence, I am a little bored. But if you tame me, it will be as if the sun came to shine on my life . I shall know the sound of a step that will be different from all the others. Other steps send me hurrying back underneath the ground. Yours will call me, like music, out of my burrow. And then look: you see the grain-fields down yonder? I do not eat bread. Wheat is of no use to me. The wheat fields have nothing to say to me. And that is sad. But you have hair that is the colour of gold. Think how wonderful that will be when you have tamed me! The grain, which is also golden, will bring me back the thought of you. And I shall love to listen to the wind in the wheat..."

The fox gazed at the little prince, for a long time.

"Please— tame me!" he said.

"I want to, very much," the little prince replied. "But I have not much time. I have friends to discover, and a great many things to understand."

"One only understands the things that one tames," said the

fox. "Men have no more time to understand anything. They buy things all ready made at the shops. But there is no shop anywhere where one can buy friendship, and so men have no friends any more. If you want a friend, tame me..."

"What must I do, to tame you?" asked the little prince.

"You must be very patient," replied the fox. "First you will sit down at a little distance from me— like that— in the grass. I shall look at you out of the corner of my eye, and you will say nothing. Words are the source of misunderstandings. But you will sit a little closer to me, every day..."

The next day the little prince came back.

"It would have been better to come back at the same hour," said the fox. "If, for example, you come at four o'clock in the afternoon, then at three o'clock I shall begin to be happy. I shall feel happier and happier as the hour advances. At four o'clock, I shall already be worrying and jumping about. I shall show you how happy I am! But if you come at just any time, I shall never know at what hour my heart is to be ready to greet you... One must observe the proper rites..."

"What is a rite?" asked the little prince.

"Those also are actions too often neglected," said the fox. "They are what make one day different from other days, one hour from other hours. There is a rite, for example, among my hunters. Every Thursday they dance with the village girls. So Thursday is a wonderful day for me! I can take a walk as far as the vineyards. But if the hunters danced at just any time, every day would be like every other day, and I should never have any vacation at all."

So the little prince tamed the fox. And when the hour of his departure drew near—

"Ah," said the fox, "I shall cry."

"It is your own fault," said the little prince. "I never wished you any sort of harm; but you wanted me to tame you..."

"Yes, that is so," said the fox.

"But now you are going to cry!" said the little prince.

"Yes, that is so," said the fox.

"Then it has done you no good at all!"

"It has done me good," said the fox, "because of the color of the wheat fields." And then he added:

"Go and look again at the roses. You will understand now that yours is unique in all the world. Then come back to say goodbye to me, and I will make you a present of a secret."

The little prince went away, to look again at the roses.

"You are not at all like my rose," he said. "As yet you are nothing. No one has tamed you, and you have tamed no one. You are like my fox when I first knew him. He was only a fox like a hundred thousand other foxes. But I have made him my friend, and now he is unique in all the world."

And the roses were very much embarrassed.

"You are beautiful, but you are empty," he went on. "One could not die for you. To be sure, an ordinary passerby would think that my rose looked just like you— the rose that belongs to me. But in herself alone she is more important than all the hundreds of you other roses: because it is she that I have watered; because it is she that I have put under the glass globe; because it is she that I have sheltered behind the screen; because it is for her that I have killed the caterpillars (except the two or three that we saved to become butterflies); because it is she that I have listened to, when she grumbled, or boasted, or even sometimes when she said nothing. Because she is my rose.

And he went back to meet the fox.

"Goodbye," he said.

"Goodbye," said the fox. "And now here is my secret, a very simple secret: It is only with the heart that one can see rightly; what is essential is invisible to the eye."

"What is essential is invisible to the eye," the little prince repeated, so that he would be sure to remember.

"It is the time you have wasted for your rose that makes your rose so important."

"It is the time I have wasted for my rose—" said the little prince, so that he would be sure to remember.

"Men have forgotten this truth," said the fox. "But you must not forget it. You become responsible, forever, for what you have tamed. You are responsible for your rose..."

"I am responsible for my rose," the little prince repeated, so that he would be sure to remember.

22

"Good morning," said the little prince.

"Good morning," said the railway switchman.

"What do you do here?" the little prince asked.

"I sort out travelers, in bundles of a thousand," said the switchman. "I send off the trains that carry them; now to the right, now to the left."

And a brilliantly lighted express train shook the switchman's cabin as it rushed by with a roar like thunder.

"They are in a great hurry," said the little prince. "What are they looking for?"

"Not even the locomotive engineer knows that," said the switchman.

And a second brilliantly lighted express thundered by, in the opposite direction.

"Are they coming back already?" demanded the little prince.

"These are not the same ones," said the switchman. "It is an exchange."

"Were they not satisfied where they were?" asked the little prince.

"No one is ever satisfied where he is," said the switchman.

And they heard the roaring thunder of a third brilliantly lighted express.

"Are they pursuing the first travelers?" demanded the little prince.

"They are pursuing nothing at all," said the switchman. "They are asleep in there, or if they are not asleep they are yawning. Only the children are flattening their noses against the windowpanes."

"Only the children know what they are looking for," said the little prince. "They waste their time over a rag doll and it becomes very important to them; and if anybody takes it away from them, they cry..."

"They are lucky," the switchman said.

23

"Good morning," said the little prince.

"Good morning," said the merchant.

This was a merchant who sold pills that had been invented to quench thirst. You need only swallow one pill a week, and you would feel no need of anything to drink.

"Why are you selling those?" asked the little prince.

"Because they save a tremendous amount of time," said the merchant. "Computations have been made by experts. With these pills, you save fifty-three minutes in every week."

"And what do I do with those fifty-three minutes?"

"Anything you like..."

"As for me," said the little prince to himself, "if I had fifty-three minutes to spend as I liked, I should walk at my leisure toward a spring of fresh water."

It was now the eighth day since I had had my accident in the desert, and I had listened to the story of the merchant as I was drinking the last drop of my water supply.

"Ah," I said to the little prince, "these memories of yours are very charming; but I have not yet succeeded in repairing my plane; I have nothing more to drink; and I, too, should be very happy if I could walk at my leisure toward a spring of fresh water!"

"My friend the fox—" the little prince said to me.

"My dear little man, this is no longer a matter that has anything to do with the fox!"

"Why not?"

"Because I am about to die of thirst..."

He did not follow my reasoning, and he answered me:

"It is a good thing to have had a friend, even if one is about to die. I, for instance, am very glad to have had a fox as a friend..."

"He has no way of guessing the danger," I said to myself. "He has never been either hungry or thirsty. A little sunshine is all he needs..."

But he looked at me steadily, and replied to my thought:

"I am thirsty, too. Let us look for a well..."

I made a gesture of weariness. It is absurd to look for a well, at random, in the immensity of the desert. But nevertheless we started walking.

When we had trudged along for several hours, in silence, the darkness fell, and the stars began to come out. Thirst had made me a little feverish, and I looked at them as if I were in a dream. The little prince's last words came reeling back into my memory:

"Then you are thirsty, too?" I demanded.

But he did not reply to my question. He merely said to me:

"Water may also be good for the heart..."

I did not understand this answer, but I said nothing. I knew very well that it was impossible to cross-examine him.

He was tired. He sat down. I sat down beside him. And after a little silence, he spoke again:

"The stars are beautiful, because of a flower that cannot be seen."

I replied, "Yes, that is so." And, without saying anything more, I looked across the ridges of sand that were stretched out before us in the moonlight.

"The desert is beautiful," the little prince added.

And that was true. I have always loved the desert. One sits down on a desert sand dune, sees nothing, hears nothing. Yet through the silence something throbs, and gleams...

"What makes the desert beautiful," said the little prince, "is that somewhere it hides a well..."

I was astonished by a sudden understanding of that mysterious radiation of the sands. When I was a little boy I lived in an old house, and legend told us that a treasure was buried there. To be sure, no one had ever known how to find it; perhaps no one had ever even looked for it. But it cast an enchantment over that house. My home was hiding a secret in the depths of its heart...

"Yes," I said to the little prince. "The house, the stars, the desert— what gives them their beauty is something that is invisible!"

"I am glad," he said, "that you agree with my fox."

As the little prince dropped off to sleep, I took him in my arms and set out walking once more. I felt deeply moved, and stirred. It seemed to me that I was carrying a very fragile treasure. It seemed to me, even, that there was nothing more fragile on all Earth. In the moonlight I looked at his pale forehead, his closed eyes, his locks of hair that trembled in the wind, and I said to myself: "What I see here is nothing but a shell. What is most important is invisible..."

As his lips opened slightly with the suspicious of a half-smile, I said to myself, again: "What moves me so deeply, about this little prince who is sleeping here, is his loyalty to a flower— the image of a rose that shines through his whole being like the flame of a lamp, even when he is asleep..." And I felt him to be more fragile still. I felt the need of protecting him, as if he himself were a flame that might be extinguished by a little puff of wind...

And, as I walked on so, I found the well, at daybreak.

25

"Men," said the little prince, "set out on their way in express trains, but they do not know what they are looking for. Then they rush about, and get excited, and turn round and round..."

And he added:

"It is not worth the trouble..."

The well that we had come to was not like the wells of the Sahara. The wells of the Sahara are mere holes dug in the sand. This one was like a well in a village. But there was no village here, and I thought I must be dreaming...

"It is strange," I said to the little prince. "Everything is ready for use: the pulley, the bucket, the rope..."

He laughed, touched the rope, and set the pulley to working. And the pulley moaned, like an old weathervane which the wind has long since forgotten.

"Do you hear?" said the little prince. "We have wakened the well, and it is singing..."

I did not want him to tire himself with the rope.

"Leave it to me," I said. "It is too heavy for you."

I hoisted the bucket slowly to the edge of the well and set it there— happy, tired as I was, over my achievement. The song of the pulley was still in my ears, and I could see the sunlight shimmer in the still trembling water.

"I am thirsty for this water," said the little prince. "Give me some of it to drink..."

And I understood what he had been looking for.

I raised the bucket to his lips. He drank, his eyes closed. It was as sweet as some special festival treat. This water was indeed a different thing from ordinary nourishment. Its sweetness was born of the walk under the stars, the song of the pulley, the effort of my arms. It was good for the heart, like a present. When I was a little boy, the lights of the Christmas tree, the music of the Midnight Mass, the tenderness of smiling faces, used to make up, so, the radiance of the gifts I received.

"The men where you live," said the little prince, "raise five thousand roses in the same garden— and they do not find in it what they are looking for."

"They do not find it," I replied.

"And yet what they are looking for could be found in one single rose, or in a little water."

"Yes, that is true," I said.

And the little prince added:

"But the eyes are blind. One must look with the heart..."

I had drunk the water. I breathed easily. At sunrise the sand is the color of honey. And that honey color was making me happy, too. What brought me, then, this sense of grief?

"You must keep your promise," said the little prince, softly, as he sat down beside me once more.

"What promise?"

"You know— a muzzle for my sheep... I am responsible for this flower..."

I took my rough drafts of drawings out of my pocket. The little prince looked them over, and laughed as he said:

"Your baobabs— they look a little like cabbages."

"Oh!"

I had been so proud of my baobabs!

"Your fox— his ears look a little like horns; and they are too long."

And he laughed again.

"You are not fair, little prince," I said. "I don't know how to draw anything except boa constrictors from the outside and boa constrictors from the inside."

"Oh, that will be all right," he said, "children understand."

So then I made a pencil sketch of a muzzle. And as I gave it to him my heart was torn.

"You have plans that I do not know about," I said.

But he did not answer me. He said to me, instead:

"You know— my descent to the earth... Tomorrow will be its anniversary."

Then, after a silence, he went on:

"I came down very near here."

And he flushed.

And once again, without understanding why, I had a queer sense of sorrow. One question, however, occurred to me:

"Then it was not by chance that on the morning when I first met you— a week ago— you were strolling along like that, all alone, a thousand miles from any inhabited region? You were on the your back to the place where you landed?"

The little prince flushed again.

And I added, with some hesitancy:

"Perhaps it was because of the anniversary?"

The little prince flushed once more. He never answered questions— but when one flushes does that not mean "Yes"?

"Ah," I said to him, "I am a little frightened—"

But he interrupted me.

"Now you must work. You must return to your engine. I will be waiting for you here. Come back tomorrow evening..."

But I was not reassured. I remembered the fox. One runs the risk of weeping a little, if one lets himself be tamed...

26

Beside the well there was the ruin of an old stone wall. When I came back from my work, the next evening, I saw from some distance away my little price sitting on top of a wall, with his feet dangling. And I heard him say:

"Then you don't remember. This is not the exact spot."

Another voice must have answered him, for he replied to it:

"Yes, yes! It is the right day, but this is not the place."

I continued my walk toward the wall. At no time did I see or hear anyone. The little prince, however, replied once again:

"Exactly. You will see where my track begins, in the sand. You have nothing to do but wait for me there. I shall be there tonight."

I was only twenty metres from the wall, and I still saw nothing.

After a silence the little prince spoke again:

"You have good poison? You are sure that it will not make me suffer too long?"

I stopped in my tracks, my heart torn asunder; but still I did not understand.

"Now go away," said the little prince. "I want to get down from the wall."

I dropped my eyes, then, to the foot of the wall— and I leaped into the air. There before me, facing the little prince, was one of those yellow snakes that take just thirty seconds to bring your life to an end. Even as I was digging into my pocked to get out my revolver I made a running step back. But, at the noise I made, the snake let himself flow easily across the sand like the dying spray of a fountain, and, in no apparent hurry, disappeared, with a light metallic sound, among the stones.

I reached the wall just in time to catch my little man in my arms; his face was white as snow.

"What does this mean?" I demanded. "Why are you talking with snakes?"

I had loosened the golden muffler that he always wore. I had moistened his temples, and had given him some water to drink. And now I did not dare ask him any more questions. He looked at me very gravely, and put his arms around my neck. I felt his heart beating like the heart of a dying bird, shot with someone's rifle...

"I am glad that you have found what was the matter with your engine," he said. "Now you can go back home—"

"How do you know about that?"

I was just coming to tell him that my work had been successful, beyond anything that I had dared to hope.

He made no answer to my question, but he added:

"I, too, am going back home today..."

Then, sadly—

"It is much farther... it is much more difficult..."

I realised clearly that something extraordinary was happening. I was holding him close in my arms as if he were a little child; and yet it seemed to me that he was rushing headlong toward an abyss from which I could do nothing to restrain him...

His look was very serious, like some one lost far away.

"I have your sheep. And I have the sheep's box. And I

have the muzzle..."

And he gave me a sad smile.

I waited a long time. I could see that he was reviving little by little.

"Dear little man," I said to him, "you are afraid..."

He was afraid, there was no doubt about that. But he laughed lightly.

"I shall be much more afraid this evening..."

Once again I felt myself frozen by the sense of something irreparable. And I knew that I could not bear the thought of never hearing that laughter any more. For me, it was like a spring of fresh water in the desert.

"Little man," I said, "I want to hear you laugh again."

But he said to me:

"Tonight, it will be a year... my star, then, can be found right above the place where I came to the Earth, a year ago..."

"Little man," I said, "tell me that it is only a bad dream—this affair of the snake, and the meeting-place, and the star..."

But he did not answer my plea. He said to me, instead: "The thing that is important is the thing that is not seen..."

"Yes, I know..."

"It is just as it is with the flower. If you love a flower that lives on a star, it is sweet to look at the sky at night. All the stars are a-bloom with flowers..."

"Yes, I know..."

"It is just as it is with the water. Because of the pulley, and the rope, what you gave me to drink was like music. You remember— how good it was."

"Yes, I know..."

"And at night you will look up at the stars. Where I live everything is so small that I cannot show you where my star is to be found. It is better, like that. My star will just be one of the stars, for you. And so you will love to watch all the stars in the heavens... they will all be your friends. And, besides, I am going to make you a present..."

He laughed again.

"Ah, little prince, dear little prince! I love to hear that laughter!"

"That is my present. Just that. It will be as it was when we drank the water..."

"What are you trying to say?"

"All men have the stars," he answered, "but they are not the same things for different people. For some, who are travelers, the stars are guides. For others they are no more than little lights in the sky. For others, who are scholars, they are problems . For my businessman they were wealth. But all these stars are silent. You— you alone— will have the stars as no one else has them—"

"What are you trying to say?"

"In one of the stars I shall be living. In one of them I shall be laughing. And so it will be as if all the stars were laughing, when you look at the sky at night... you— only you— will have stars that can laugh!"

And he laughed again.

"And when your sorrow is comforted (time soothes all sorrows) you will be content that you have known me. You will always be my friend. You will want to laugh with me. And you will sometimes open your window, so, for that pleasure... and your friends w ill be properly astonished to see you laughing as you look up at the sky! Then you will say to them, 'Yes, the stars always make me laugh!' And they will think you are crazy. It will be a very shabby trick that I shall have played on you..."

And he laughed again.

"It will be as if, in place of the stars, I had given you a great number of little bells that knew how to laugh..."

And he laughed again. Then he quickly became serious:

"Tonight— you know... do not come," said the little prince.

"I shall not leave you," I said.

"I shall look as if I were suffering. I shall look a little as if I were dying. It is like that. Do not come to see that. It is not worth the trouble..."

"I shall not leave you."

But he was worried.

"I tell you— it is also because of the snake. He must not bite you. Snakes— they are malicious creatures. This one might bite you just for fun..."

"I shall not leave you."

But a thought came to reassure him:

"It is true that they have no more poison for a second bite."

That night I did not see him set out on his way. He got away from me without making a sound. When I succeeded in catching up with him he was walking along with a quick and resolute step. He said to me merely:

"Ah! You are there..."

And he took me by the hand. But he was still worrying.

"It was wrong of you to come. You will suffer. I shall look as if I were dead; and that will not be true..."

I said nothing.

"You understand... it is too far. I cannot carry this body with me. It is too heavy."

I said nothing.

"But it will be like an old abandoned shell. There is nothing sad about old shells..."

I said nothing.

He was a little discouraged. But he made one more effort:

"You know, it will be very nice. I, too, shall look at the stars. All the stars will be wells with a rusty pulley. All the stars will pour out fresh water for me to drink..."

I said nothing.

"That will be so amusing! You will have five hundred million little bells, and I shall have five hundred million springs of fresh water..."

And he too said nothing more, becuase he was crying...

"Here it is. Let me go on by myself."

And he sat down, because he was afraid. Then he said, again:

"You know— my flower... I am responsible for her. And she is so weak! She is so native! She has four thorns, of no use at all, to protect herself against all the world..."

I too sat down, because I was not able to stand up any longer.

"There now— that is all..."

He still hesitated a little; then he got up. He took one step. I could not move.

There was nothing but a flash of yellow close to his ankle. He remained motionless for an instant. He did not cry out. He fell as gently as a tree falls. There was not even any sound, because of the sand.

And now six years have already gone by...

I have never yet told this story. The companions who met me on my return were well content to see me alive. I was sad, but I told them: "I am tired."

Now my sorrow is comforted a little. That is to say— not entirely. But I know that he did go back to his planet, because I did not find his body at daybreak. It was not such a heavy body... and at night I love to listen to the stars. It is like five hundred million little bells...

But there is one extraordinary thing... when I drew the muzzle for the little prince, I forgot to add the leather strap to it. He will never have been able to fasten it on his sheep. So now I keep wondering: what is happening on his planet? Perhaps the sheep has eaten the flower...

At one time I say to myself: “Surely not! The little prince shuts his flower under her glass globe every night, and he watches over his sheep very carefully...” Then I am happy. And there is sweetness in the laughter of all the stars.

But at another time I say to myself: “At some moment or other one is absent-minded, and that is enough! On some one evening he forgot the glass globe, or the sheep got out, without making any noise, in the night...” And then the little bells are changed to tears...

Here, then, is a great mystery. For you who also love the little prince, and for me, nothing in the universe can be the same if somewhere, we do not know where, a sheep that we never saw has yes or no? eaten a rose...

Look up at the sky. Ask yourselves: is it yes or no? Has the sheep eaten the flower? And you will see how everything changes...

And no grown-up will ever understand that this is a matter of so much importance!

This is, to me, the loveliest and saddest landscape in the world. It is the same as that on the preceding page, but I have drawn it again to impress it on your memory. It is here that the little prince appeared on Earth, and disappeared.

Look at it carefully so that you will be sure to recognise it in case you travel some day to the African desert. And, if you should come upon this spot, please do not hurry on. Wait for a time, exactly under the star. Then, if a little man appears who laughs, who has golden hair and who refuses to answer questions, you will know who he is. If this should happen, please comfort me. Send me word that he has come back.

【后记】

全球阅读率仅次于《圣经》的最佳书籍

《小王子》自从1943年在纽约问世以来，被译成42种文字，多次再版，经久不衰；并被选入许多国家的教科书，成为青少年的必读书籍。该书还被多次改编成话剧和电影，盛演不断。人们不禁要问，产生《小王子》现象的原因何在？

法国作家安德烈·莫洛瓦的一段评论也许是对上述问题中肯的回答：“《小王子》在其富有诗意的淡淡哀愁中也蕴含着一整套哲学思想。”“这本给成人看的儿童书处处包含着象征意义，这些象征看上去既明确又隐晦，因此也就格外的美。”

一个平实无华的童话，既没有离奇的情节，也没有惊天动地的壮举，故事在平淡的铺叙中展开。其魅力就在于其丰富的内涵和广泛的象征意义，就在于其象征意义的或明或暗。

阅读《小王子》长久以来也被视为一种必修的文化学分，读者群遍布，从八岁到百岁，已不限於年龄上的儿童，甚至很多大人比小朋友更喜欢这本书，并以自己的方式来体会书中深远的哲理。

《小王子》是世界上惟一一部写给大人看的童话，惟一一部伤心的童话，一则关于爱与责任的寓言。它创造了出版史的一个奇迹，其翻译风潮形成儿童文学中的一股旋风，据统计，其出版量和阅读量仅次于《圣经》，仅在台湾翻译或改写出版的中文本就有近三十种，并且还不断有新的译本出现。

这众多中译本中，有些是直接从法文翻译过来的，有些则是从英文、日文译的。本书是由法文版本直接翻译的，并广泛参考了许多优秀译本，在此致谢。

图书在版编目（CIP）数据

小王子/（法）圣艾修伯里著；艾柯译. -哈尔滨：
哈尔滨出版社，2001.10
ISBN 7-80639-586-5

Ⅰ.小… Ⅱ.①圣… ②艾… Ⅲ.英语-对照读物，
童话-英、汉 Ⅳ.H319.4：I

中国版本图书馆CIP数据核字(2001)第065124号

责任编辑：刘福田
封面设计：一 铭

小王子
（法）安东·德·圣艾修伯里 著
艾 柯 译

哈尔滨出版社
哈尔滨市南岗区贵新街170号
邮政编码:150006 电话:0451-6225161
E-mail:hrbcbs@yeah.net
全国新华书店发行
黑龙江省牧校同源印刷厂印制

开本 889 x 1194 毫米 1/32 印张7 字数 130千字
2001年11月第1版 2001年11月第1次印刷
印 数：1-8000册
ISBN 7-80639-586-5/I·179
定 价：19.80 元
